ET LES AILES
ET LA QUEUE

DANS LA MÊME COLLECTION

1. *Lame louche pour un manouche.*
2. *Marathon dans la lavande.*
3. *Et les aîles et la queue.*

HENRI CHRISTIAN

ET LES AILES ET LA QUEUE

BERETTA 9 mm

FLEUVE NOIR

6, rue Garancière - Paris VIe

ISBN 2-265-04143-2

CHAPITRE PREMIER

— Il est mort ?

A peine la grille du jardin poussée, le cadavre saute aux yeux, écœurant et sinistre. Posé marmelade au beau milieu de la minuscule pelouse tondue au cordeau et festonnée de boutons-d'or comme un uniforme de gendarme galonné de frais. Antoine hausse des épaules massives :

— Eparpillé comme il est, le contraire serait étonnant.

Victor s'est figé, la moustache en déroute, la narine frémissant de dégoût. Son compagnon lui jette un coup d'œil agacé, le gratifie d'une bourrade. N'arrive pas à comprendre, l'épais, ce genre de sensiblerie, lui qui, au fil de sa carrière de boucher en gros, « Antoine Néron, S.A. » bidoche quatre étoiles, aura pataugé dans des niagaras de sang de bœuf, échafaudé des pyramides de têtes de moutons,

Robespierre des abattoirs, dépecé faux-filets des monceaux de barbaque encore pantelante.

— Avancez donc, c'est jamais que du hachis de piaf.

Docile, Victor hoche la tête et, le regard fuyant, s'engage dans la petite allée de gravillons qui aboutit à la maison du commandant, façade de briques rouges et un étage unique auquel s'agrippe un balcon tarabiscoté. Tout en songeant que la soirée s'annonce sous de drôles d'auspices. Volontiers superstitieux, l'ancien bedeau de l'église Saint-Symphonien, avec un penchant morbide à déceler partout des prémices funestes, du malheur en toutes saisons.

— Un corbeau, probable, suppute Antoine en évaluant le magma sanguinolent hérissé de plumes noires.

En même temps, il a plaqué vigoureusement un index carré sur la sonnette. La porte s'ouvre aussitôt et à toute volée ; ça c'est une vieille habitude du commandant Jeanin gardée de son passage à la Brigade de Recherches de Versailles : « Et je le répète, c'est le B A BA ; s'agit de prendre les gus par surprise sans qu'ils aient le temps de dire « ouf » ; le pusillanime qui entrebâille a mille chances de se faire truffer ».

Jeannin ricane tout en s'effaçant devant ses visiteurs :

— C'est tout à fait ça, Antoine. Vous, au moins, vous avez la voix qui porte. Un corbeau, exactement. J'ai jamais pu supporter ces volatiles, c'est laid, c'est bruyant, ça bouffe de la charogne et ça porte malheur. Je viens de ratiboiser celui-là au 22 long rifle. Faudra que je l'évacue avant que ça attire les rats. Entrez, vous êtes les premiers. Vous vous installez, on va se boire quelque chose, de fort de préférence. Hé, hé, j'ai l'impression que l'ami Victor a besoin de se requinquer.

Teint fleuri et bedaine de bon buveur, guère de poils sur le caillou et tous blancs, il les précède dans le vestibule avec la martiale autorité d'un homme qui a passé son existence entière sous l'uniforme :

— Dans votre métier, Victor, vous avez pourtant dû en voir passer de la viande froide. Couchée il est vrai dans le sapin et le satin, ça vous a une autre allure, je vous accorde.

Comme tous les mardis, les six fauteuils du salon sont disposés en cercle devant la cheminée noircie par des générations de flambées. Sur une table poussée contre le mur, des cochonnailles s'empilent dans des plats, au coude à coude avec des miches farineuses et des bouteilles vénérables : porto, vin, whisky, rhum.

Dehors, le soleil vire lumignon dans le ciel dont le bleu vacille, le soir ne va pas tarder, couleur muraille, il avance sur la pointe des pieds dans la rue Remilly et achève de dissiper les bruits de la journée.

Jeannin allume un cigare, le premier de la soirée, et pose un œil bienveillant sur sa quinte de cartes vermeilles, tous retraités mais encore vaillants, alignés dans le cuir et le velours, sirotant à petites gorgées délectables. Antoine, Victor, Paul-Louis, Nivôse et Georges.

— Et Tachery, personne n'a eu de nouvelles ?

Tout naturellement, c'est à Jeannin que Georges s'est adressé de sa voix fluette qui traîne sur chaque fin de mot ct sans presque ouvrir la bouche ; s'il n'avait pas été employé municipal, il aurait pu être ventriloque. Il redresse sa courte taille, suspendu aux lèvres de l'ancien commandant de gendarmerie.

— Pour ce que je sais, l'est toujours aux abonnés absents, rigole celui-ci.

En fuite, Tachery, libraire rue Colbert. Pour une vilaine histoire de ballets bleus. Et qui aurait cru cela de lui avec ses airs rêveurs, ses joues roses, ses costumes pochés et sa touffe de cheveux noirs dressée toute droite sur un crâne déplumé ? Mais c'est tout de même grâce à lui qu'ils ont fait connaissance, trois mois plus tôt. A lui et à Racine. L'idée de Tachery, c'était de confondre l'auteur d'*Andromaque*. Accusé en son temps d'avoir fait prendre un bouillon d'onze heures à Thérèse Du Parc, sa maîtresse finalement épousée en loucedé, et morte mystérieusement en décembre 1680. Et la maman de Thérèse d'aussitôt brandir un index accusateur. Pour elle, nul doute, son gendre, ce fourbe, avait empoisonné fifille. Que prête à le crucifier là, tout de suite, pourvu qu'on lui apporte les clous.

Douleur de mère ? Peut-être bien. N'empêche qu'il n'avait pas fallu beaucoup tirlipoter l'effroyable Voisin, arrêtée dans l'Affaire des Poisons, pour qu'elle avoue avoir vendu au sieur Racine une pincée foudroyante de sa « poudre de succession ». Et puis : rien. S'en était sorti virginal dans l'ombre tutélaire du Roi-Soleil, le brillant tragédien.

Tachery s'était mis en tête d'élucider la chose. Une toquade. Et, pour ce faire, d'ouvrir un club de recherches historiques en recrutant par petites annonces. Tous les six, oisifs et curieux, avaient répondu « présent ». Là-dessus, plus de Tachery. Les gendarmes venus l'arrêter avaient trouvé porte close. Cette défection n'avait, pour autant, pas dispersé les six retraités. Ayant abandonné le projet de confondre Racine, ils avaient malgré tout continué à se voir et à se réunir, et toujours chez Jeannin. Le pli s'était pris presque aussitôt : soirées de célibataires, vapeurs d'alcools et volutes de Havanes.

— Dites donc, commandant, vous ne devriez pas laisser cette saleté sur votre pelouse.

Nivôse lorgne par la fenêtre tout en se découpant, la papille gustative et la lame effilée, une tranche maousse de jambon à l'os. Deux chats, gris puisque la nuit a commencé à tomber, et de gouttière plus que probable, rampent, furtifs, vers les restes de l'oiseau. S'apprêtent à boulotter la juteuse carcasse, les matous mités. Aubaine.

— Ça m'évitera d'avoir à le ficher à la poubelle. Un corbeau dans mon jardin, vous vous rendez compte ? Saloperie de volatile !

Nivôse a coincé son jambon entre deux tranches de pain de la longueur d'un demi-paquebot, truffe l'en-cas de cornichons par poignées, cherche la moutarde des yeux.

— Je préfère quand même les corbeaux à plumes que les autres, de chair et d'os : les anonymographes, d'authentiques malfaisants, ceux-là. Des lâches, des boute feux. Ce n'est pas votre avis, commandant ?

Exhibe, Nivôse, tout en devisant, deux rangées de crocs à faire frémir un cannibale, croque, vorace, en férocité.

— Certes.

Opine Jeannin. Il est retourné à son fauteuil, déboutonne, méticuleux, le bouton de sa veste en s'asseyant, pince le pli du pantalon.

— Certes, certes, certes... De très vilains cocos, ces « corbeaux »-là, encore plus répugnants que les autres. Des corbeaux ? Des rats, oui ! Des serpents, une plaie, une pourriture, une gangrène. Mais sport national, la « prolixité scripturaire », comme disent les experts. Une gâterie hexagonale au même titre que les rillettes du Mans ou les calissons d'Aix. Tant et tant prolixe, le Français, que lorsque les Allemands se sont carapatés, on a retrouvé au siège des *Kommandantur* et à la Gestapo des sacs et des sacs de lettres anonymes. Accablée par l'avalanche, la police allemande avait renoncé à les ouvrir.

— Non ? s'effare le Victor.

— Mais si.

— Vous-même, vous en avez beaucoup reçu, commandant, quand vous étiez en activité ?

Paul-Louis s'est légèrement penché en avant, un chouïa dur de la feuille, le visage mince en lame de couteau, le cheveu neigeux et impeccable. Réputé pas loquace dans le petit cercle, avare de mots et de tout le reste. Mais, au fond, qu'en savent-ils ? Ne se connaissent pas, les uns les autres. Hormis ces mardis soirs, ne se fréquentent guère. Ont leur vie à eux, ignorée ou presque. Ces soirées, c'est leur récréation, leur bol d'air. Après, tirent le rideau et réintègrent leurs pénates. Fin de la parenthèse.

— Beaucoup non, mais tout de même.

— Qu'est-ce qu'il y a donc dans ces lettres anonymes ? s'intéresse Antoine.

Prend l'air rusé, l'ancien louchébem :

— On vous dénonce des crimes, des cochonneries ?

— A tire-larigot, à tour de bras, on dénonce, on médit, on affabule, on délire, on éructe, on vomit. Qu'un professeur reçoit des jeunes gens chez lui. Qu'un smicard possède une Mercedes. Que les employées d'un supermarché arrondissent leurs fins de mois en faisant des passes. Que le curé se projette des films cochons. Et puis, il y a les « corbeaux » qui ne se contentent pas d'écrire. Je me souviens d'un farceur qui avait fait envoyer une superbe pièce montée à un diabétique, et un berceau à une femme qui ne pouvait pas avoir d'enfant.

— Ça n'est évidemment pas de bon goût, mais c'est en somme anodin.

— Anodin ? Comme vous dites, Victor. Sauf qu'un « corbeau » allume une mèche en espérant toujours qu'il y a un tonneau de poudre à l'autre bout.

— C'est ce qui s'appelle « mettre le feu aux poudres ».

Superbe, le commandant fait semblant

d'ignorer la goguenarde interruption de Nivôse, désormais lancé, Shéhérazade des Yvelines, providence du coin du feu. Poursuit :

— Et il peut y avoir des conséquences épouvantables... Tenez, Georges, si ça ne vous ennuie pas, puisque vous êtes à côté de l'interrupteur, allumez donc, on n'y voit plus... Epouvantables, donc. Des gens de la même famille qui se retrouvent ennemis, à couteaux tirés ; des maris qui tuent leur femme, persuadés de porter des cornes ; des suicides...

— Tout à fait...

A grandes lampées de bourgogne, Nivôse expédie son sandwich, a localisé un saucisson d'Auvergne dont il renifle par avance les effluves poivrés.

— Quand j'étais journaliste, en effet, j'ai eu l'occasion, le coupe, Paul-Louis.

— Mais qui donc peut bien écrire ces lettres, commandant ?

— Des malades, souvent. Tiens, il y avait une fillette de seize ans, dix-sept peut-être. elle sortait du couvent. Ça se passait dans une localité tout près de Versailles... Bon, le nom m'échappe pour l'instant. Elle a envoyé près de cent missives calomniatrices et ordurières sans que personne ne la soupçonne. Et même à sa mère. Si ma mémoire est bonne, elle lui avait écrit : « Grande sale, ta fille est comme toi, elle aime les grosses pines... »

— Mais c'est obscène ! s'effarouche Victor.

— Selon les experts, l'obscénité est précisément la clé de ce genre de comportement. Enfin, bref, elle a mis l'endroit pratiquement à feu et à sang. Quand on l'a démasquée, les gens n'arrivaient pas à y croire. Le curé est venu me voir. Il n'arrêtait pas de me répéter : « Mais ce n'est pas possible, mon commandant, cette enfant est un ange de dévotion. Mon Dieu, est-il possible que cette vierge chrétienne ait pu commettre de telles horreurs ? » Eh bien oui, c'était possible, et même sans l'ombre d'un doute. Les psychiatres l'ont trouvée carrément fêlée.

« Et puis, il y a les « corbeaux » occasionnels, ceux qui agissent par intérêt, par vengeance ou par haine. Et nous, gendarmes, on doit tout vérifier, les faits incriminés parce qu'ils se révèlent parfois vrais, tenter évidemment d'identifier l'expéditeur. »

Il s'interrompt, pêche un Monte-Cristo Especial n° 2 dans la boîte à cigares en palissandre, en éprouve la souplesse et le mœlleux en le roulant entre le pouce et l'index, gratte une allumette, en tire une voluptueuse bouffée, reprend :

— Juste avant que je sois à la retraite, il y

a donc un an environ, il s'est passé à Versailles une histoire très moche de cette sorte. Une lettre est arrivée à la gendarmerie, anonyme, manuscrite sur une page de cahier d'écolier. Elle m'a frappé tout de suite. La plupart du temps, le ton de ces torchons est véhément, le vocabulaire ordurier. Là, non. Le « corbeau » dénonçait froidement, tranquillement. Derrière chaque mot on sentait une haine à ne pas croire. Il s'agissait d'une jeune fille, vingt ans, vendeuse dans une grande bijouterie, et qui, à en croire le « corbeau », se prostituait à l'occasion. Or, si c'était exact, c'était évidemment ennuyeux, les bijouteries étant des endroits très vulnérables. J'ai demandé à mes gendarmes de faire une enquête discrète. Seulement, probable que le patron du magasin a eu vent de la chose, et la petite a été renvoyée. Un mois après, elle se jetait sous un train.

— Elle s'appelait comment ?

Qui a parlé ? Tout à son histoire, Jeannin n'a pas fait attention. Il se creuse pour retrouver le nom :

— Sophie quelque chose...

Dans une gerbe d'étincelles, un cigare s'écrase brutalement dans un cendrier.

CHAPITRE II

Il n'est pas loin de deux heures du matin à l'horloge de l'avenue de Saint-Cloud. Une brise tiède virevolte dans les rues désespérément vides et, tout là-bas, le Palais se découpe en ombre chinoise en prenant des airs fantomatiques. Plus d'une heure qu'il marche au petit bonheur, reculant l'instant de rentrer chez lui, tourneboulé, le feu aux tempes comme si on lui avait allumé un incendie dans la tête.

Il avance rapidement, non pas de l'allure de l'homme pressé de retrouver son confort et son lit, mais de celle du promeneur attardé qui, inquiet, a décelé une présence indéfinissable dans son sillage. Il a des larmes qui lui dégoulinent sur les joues, lui trempent le menton, imprègnent le col de sa chemise. Mais sans sanglots. De toute façon, il ne se rend même pas compte qu'il pleure. C'est simplement un trop-plein qui déborde.

Quand Sophie est morte, sa vie a fait implosion, dévastée d'un seul coup. Et, ce soir, c'est comme si Sophie était morte une deuxième fois. Avec Eliane, ils avaient cru à un coup de déprime de la petite. Mais non ! Quelqu'un l'a poussée à son geste. Quelqu'un qui, tapi dans l'ombre, a aiguisé une haine répugnante. Quelqu'un qui, avec une effroyable lâcheté, a su viser au cœur.

Il halète comme un vieux chien. La gorge nouée à lui faire mal. La bouche ouverte, il aspire, avide, l'air nocturne. Comment a-t-il pu garder son contrôle, tout à l'heure, pendant que Jeannin débitait, baderne, cette abomination qui le mettait à l'agonie ? Après, quand ils se sont quittés, il a serré la main des autres comme si de rien n'était. Tétanisé d'horreur. De temps à autre, il se met à courir à l'aveuglette. Sans savoir pourquoi. Quelques mètres au galop, sprint poussif mais éperdu. Puis ralentit.

Quand il lève cnfin les yeux, c'est pour constater qu'il est rue Royale. Comme un cheval dont le cavalier a lâché les rênes rentre de lui-même à l'écurie, ses pas l'ont guidé jusque chez lui. Il s'arrête, pris de tremblement. Ne sait plus que faire. Envie de fuir qui le submerge. Ne doit pas se trahir devant Eliane. Surtout ! Et, d'ailleurs, le commandant a pu se tromper. Toute son histoire n'être que coïncidence. A peut-être confondu deux affaires. Il secoue la tête de droite à gauche, d'un geste misérable et sénile.

Il pousse la porte de l'immeuble, se retrouve dans un hall modeste et gagne la cour. Lève les yeux : la façade est obscure à l'exception, comme il s'y attendait, d'une fenêtre allumée au deuxième étage. Sans bouger, il la scrute. Laisse filer le temps. Finalement, il regagne le hall et prend l'escalier qu'il gravit à pas lourds.

Dans l'appartement, pas un bruit. Odeur de poussière, senteur acide de fleurs fanées et de lait bouilli. Il évite de regarder la pendule de l'entrée. Comme celles du salon et de la cuisine, Eliane l'a arrêtée à l'heure où leur existence s'est brisée, à la minute même où le téléphone a sonné pour leur apprendre que leur fille venait de décéder... broyée par un train.

Il fait halte dans la pénombre du salon. C'est comme s'il se cachait. Espérait une rémission. Puis rejoint Eliane à la cuisine. Elle est assise à sa place habituelle, le dos tourné à la fenêtre, avec un bol devant elle mais il ne saurait dire ce qu'elle boit. Ses cheveux auburn soigneusement brossés lui donnent encore grande allure. Cinquante-cinq ans, dix ans de moins que lui, et la silhouette élancée sous la robe de chambre en cachemire bordeaux. Elle pose sur lui, mais le voit-elle, le regard aigu de ses yeux mauves ?

Il a pris une chaise, se laisse tomber. Pose devant lui une main qui sucre les fraises. Sait qu'il n'aura pas la force longtemps de garder ce secret pour lui tout seul. Le silence s'installe, lui met une tonne de fonte sur la poitrine. Depuis la mort de Sophie, Eliane n'a plus prononcé un seul mot.

*
* *

Le jogging est peut-être de trop, compte tenu du coup de chauffe qui, depuis le matin, a, instantané, déshabillé les gisquettes, minirας-des-miches et roberts en devanture. Pourtant, pas la moindre goutte de sueur ne perle au front de Mehdi, sagement assis sur son banc, se gavant de cachous, la langue toute noire de réglisse et les crochets idem, mais ça, c'est les caries. Périodique, les voyageurs déferlent dans un sens ou l'autre. Ne leur accorde pas un regard, hypnotisé par la grosse horloge de la gare.

Subreptice, il palpe le soufflant glissé dans l'élastique du jog' et qui pointe vers sa virilité. Même que, si la détente se coince — ce sont des choses qui arrivent —, ses bijoux de famille n'ont qu'à bien se tenir. Ce sera, aussi sec, le Mur des Fédérés pour tout le saint-frusquin, et inutile de remettre le couvert.

Seulement, n'a pas conscience du danger, le microcéphale, trois quarts analphabète et pas flambant côté Q.I., le quotient maigrelet et guère de point sur le i. Pour le présent, n'a que deux choses dans le citron : le hold-up, réglé millimètre, et Yvonne. Son Yvonne à lui. Qui l'attend dans une achélème d'Ivry. Et, réduite légume comme elle est, que pourrait-elle bien faire d'autre que le pied de grue ? Yvonne-mille-morceaux, comme ricanent certains dans le dos de Mehdi et, tout bon bougre qu'il est, il n'admettrait pas ça, ce vanne atroce. S'il l'entendait, la facétie virerait illico au bain de sang.

C'est à l'hôpital qu'il l'a connue. Peu après être sorti de prison, six marcotins pour une broutille, et avoir trouvé un emploi de garçon de salle. Juste, son mari à elle venait de la jeter du domicile conjugal. Mais, bavure, par la fenêtre du cinquième étage. Vol plané et arrêt béton. Fractures et tout le toutim. Après, il avait fallu reconstituer. La Faculté commençait à y voir un peu plus clair, à localiser le haut du bas, quand Mehdi l'avait aperçue, comateuse, dans son lit, tout hérissée de goutte-à-goutte, emmaillotée de kilomètres de pansements, de quoi équiper un trois-mâts en voilure, amochée à ne pas croire, les dents fracassées à ras des gencives. Et lui, la serpillière pantelante dégoulinant sur les sandales, il la regardait bien au-delà de cette navrante apparence, subjugué. Une fulgurance. Un électrochoc.

Et, en même temps, avec l'amour en guise de trampoline crapuleux, le trait de génie. L'idée, éblouissante de simplicité, d'un hold-up au petit poil. Certes, pas le casse du siècle, mais du pépère pas farouche, de quoi se faire une gentille rente, un revenu modeste et régulier. Suffisamment pour s'occuper convenablement d'Yvonne dès qu'elle serait de nouveau sur pied.

Enfin, sur pied... Parce qu'avec les rotules définitivement nazes et les chevilles mille miettes, pour elle c'était la chaise roulante à perpète et, avec ça, les bras rafistolés à coups de broches. C'était plus une femme, Yvonne, c'était un meccano. Mais, *love is love*. Loquedu, Mehdi la truffe avait trouvé, pour les beaux yeux beurre noir de son débris, la parade à sa crapoteuse existence.

La grandc aiguille de l'horloge se hisse péniblement, dans une sorte de hoquet, vers le douze. Onze heure quarante-cinq. Il se lève, agrippe un méchant sac plastique coincé sous sa cuisse, sort de la gare. Dehors, il s'arrête une seconde. Dégringolant des ailes du nez, deux rides parallèles incurvent vers le bas une bouche flasque aux lèvres craquelées et lui donnent un air de bébé pleurnichard. Mais un bébé moustachu, rouffes, joues creuses criblées de craquos douteux, regard panoramique. La foulée nerveuse, il dévale la rampe qui descend de la gare. Prend de la vitesse. Comme pour un Paris-Strasbourg à nougats. Se déhanche bizarre mais véloce tandis qu'il traverse le boulevard en slalomant parmi les klaxons, prend à droite, filoche le long du trottoir.

Tout en marchant, il pioche dans son sac un bonnet de laine qu'il s'enfonce sur le crâne, des lunettes de soleil qu'il chausse. Virage à gauche et encore à gauche à la rue suivante. Là-bas, il aperçoit la banque.

— Ah non, c'est pas vrai !

C'est le caissier qui l'a vu débouler le premier. Il devrait être affolé compte tenu du pétard brandi par l'énergumène. Il est consterné. Il devrait rafler les liasses posées devant lui. Tout réflexe annihilé, il se contente de répéter, suffoqué d'indignation :

— Ah ben, non !

Parce que, sans être expert voyou, braquer trois fois de suite la même banque, il en jurerait, ça ne cadre pas avec les statistiques. Ce dont Mehdi se tape, guère porté sur les chiffres tant qu'ils ne sont pas certifiés par la Banque de France. Il a commencé sa razzia sans perdre une seconde. Minutage suisse. Ne prononce pas un mot, l'arme négligemment tenue. A sa façon de faire, on sent la routine qui s'installe.

Effarés, les quatres clients qui, l'instant d'avant, s'agglutinaient devant le comptoir, se sont d'un seul mouvement regroupés dans le fond, respiration bloquée et bras hauts levés en signe de reddition sans condition. Point faraudes mais certes plus chevronnées, Elisabeth et Sylviane, les employées, ne mouftent quand, d'une main fureteuse, Mehdi happe pleines pognes les fafiots qui traînent, boudins et mornifle, sans discrimination. Opère de la même façon à la caisse et ne daigne pas s'arrêter une seconde à l'air offusqué du préposé.

De toute façon, l'a pas une seconde à perdre. L'attaque n'a pas duré plus de deux minutes. Déjà, il repart à reculons, envoie dinguer la porte contre le mur et volte en glissant le pistolet sous le haut du jogging, le poing crispé sur le sac où il a jeté vrac les fifrelins bien mal acquis.

Repart T.G.V. en sens inverse. Direction la gare. Il a un train qui part dans quatre minutes. Fait fissa, l'affreux.

*
* *

Le gyrophare véhément, la 205 rouge banalisée du capitaine Blaval pile devant la banque, talonnée par une Estafette non moins tapageuse et pleine de gendarmes à ras bords. Sapé bourgeois et blouson commando, Blaval entre à toute volée, le visage fermé comme un poing. Pour la seconde fois de la journée, la lourde s'écrase contre le mur et le caissier se demande si, en fin de compte, il ne préfère pas les braqueurs laconiques aux gendarmes concernés.

— C'était le même que l'autre fois, monsieur, glapit Elisabeth, qui, physionomiste, n'a pas pour autant le sens de la hiérarchie.

Dans leur coin, les clients ont gardé les bras en l'air. Parce qu'on ne sait jamais, ça ne peut pas faire de mal et ça dissipe tout malentendu.

— Et ceux-là ? aboie Blaval en les désignant.

— C'est rien, c'est des clients, tempère Sylviane. Vous pouvez baisser les bras messieurs-dames, c'est la gendarmerie qui arrive.

— Où est le directeur ?

C'est vrai, ça, où il est le directeur ? Il devrait être là, mais on ne l'aperçoit guère. C'est qu'il doit supputer l'admonestation, la réprimande. Se terre.

— Heu... capitaine...

Il vient d'entrebâiller la porte de son bureau, pointe un nez plutôt morveux, guère guilleret, le cher homme. Il n'a que le temps de rentrer le ventre quand Blaval, foin des convenances, débarque en trombe dans le sacro-saint.

— Dites-moi..., commence le capitaine du haut d'un mètre quatre-vingts baraqué qui réduit instantanément le directeur, déjà secoué, à un état de détresse avancé.

— Capitaine, je sais ce que vous allez me dire et vous avez raison. J'aurais dû vous écouter l'autre fois mais, vraiment, comment aurais-je pu imaginer...

— Mais, bon Dieu, je ne vous ai pas demandé d'imaginer quoi que ce soit ! Seulement de faire installer une gâche électrique commandée de l'intérieur à votre satanée porte qui s'ouvre à tous les vents. Ça n'empêche pas les hold-up mais, au moins, ça freine les velléités. Votre zozo, vous allez me raconter qu'il a opéré comme les fois précédentes ?

— Heu... c'est-à-dire, n'est-ce pas, je pense effectivement, mais les employés pourraient vous le confirmer, je n'y étais pas...

— Ecoutez-moi bien, monsieur le directeur...

Les tables d'écoute, il les a en batterie, le banquier, les esgourdes large déployées, ne s'en ressent pas de contrarier le chef de la Section de Recherches de Versailles.

— Ou vous prenez les mesures qui s'imposent pour assurer la protection de votre agence, ou je vais être obligé d'indiquer dans mon rapport que vous vous refusez à prendre les mesures indispensables malgré mes avertissements réitérés. Parce que, en à peine deux mois, ça fait la troisième fois que vous êtes dévalisé, et toujours par le même individu. Et il n'y a aucune raison qu'il ne revienne pas, maintenant qu'il a ses habitudes.

— Evidemment, évidemment...

Déjà, le capitaine a tourné les talons. Dans la banque, ses hommes prennent les identités et les premières dépositions.

— Où est Constant ?

— L'adjudant ?

Le gendarme Delage abandonne un instant son témoin.

— Il est allé faire une reconnaissance dans la rue avec Giraud.

— On sait à combien se monte la somme qui a été dérobée ?

— A première vue, de quinze à vingt mille francs ; c'est un gagne-petit.

— Un gagne-petit, comme vous dites, mais sacrément culotté... ou sacrément inconscient.

Il gagne la rue où des grappes de badauds font le pied de grue tandis qu'aux fenêtres des curieux se dévissent le cou. De loin, il aperçoit Constant qui revient, escorté de Giraud.

— Alors ?

Constant hausse les épaules, fataliste.

— On a aperçu le suspect qui se dirigeait

vers la gare. A tous les coups, il aura sauté dans un train. Il y en avait justement un au départ pour Paris. Vous croyez qu'il chronomètre son truc avec les horaires de la S.N.C.F. ?

— Ça en a tout l'air et c'est diantrement bien combiné. Sauf que c'est beaucoup de risques pour pas grand-chose. Cette fois-ci il n'a même pas étouffé vingt mille. Constant, vous prévenez Paris, qu'ils surveillent la descente du train.

— J'allais le faire, mon capitaine, mais je crains qu'ils ne fassent chou blanc comme d'habitude.

*

* *

Cinq minutes que le train s'est ébranlé et Mehdi saute sur ses pieds. A cette heure de la journée, le wagon est presque vide. Il a retiré ses lunettes de soleil et son bonnet. Paisible, il se dirige vers les toilettes, tire la chevillette. De sa poche, il sort un rasoir jetable et, prudent, parce que le brinquebalement du train pourrait bien lui endommager la couenne, il s'ampute les côtelettes et la baffie dans le même mouvement, peu fournies il est vrai vu qu'il ne leur a guère laissé le temps de s'étoffer.

S'arrose d'eau le visage pour calmer le feu du rasoir, scrute quelques craquos qui, malmenés dans l'opération, suppurent jaunâtre, se débarrasse du jogging. Dessous : pantalon tergal, blouson jean et chemisette. Il coince son arme dans sa ceinture, remplit ses poches de billets et de ferrailles et fourre jogging et rasoir dans le plastique qu'il jette par la fenêtre. Dernier coup d'œil. Désormais méconnaissable, le Mehdi, pour les flics qui, imparable, attendent au terminus avec le signalement du braqueur.

Toute l'astuce est là : dans le braquage-éclair synchronisé avec le départ du train, et la métamorphose qui le transforme en quidam. Un velours. Il déverrouille, sort des toilettes et passe dans le wagon d'à côté.

CHAPITRE III

Il s'étonne d'avoir pu dormir, sans rêve, sans trêve, batyscaphe englouti dans un monde de ténèbres. Tamisé par les volets, le soleil matinal découpe des panneaux de lumière dans la pièce. A peine revenu à la conscience, la pensée de Sophie fond sur lui comme un oiseau de proie qui lui plante son bec dans la gorge, enfonce ses serres dans la poitrine. Il hoquette, de douleur autant que de chagrin.

Se tourne dans le lit. A son côté, la place est froide : Eliane est déjà levée. A moins qu'elle ne se soit pas couchée. Il a renoncé à savoir s'il lui arrivait encore de dormir. Peut-être demeure-t-elle toute la nuit sur une chaise, immobile dans la cuisine éteinte, comme elle le faisait, inlassable, du temps où, adolescente, Sophie s'attardait dehors après la permission de minuit.

Il bascule sur le flanc pour s'asseoir au bord

du lit. Il lui faut un bon moment pour se décider à se lever, a juste le courage d'enfiler des vêtements sur son pyjama puis, sur la pointe des pieds, déserte l'appartement pour descendre au café du coin. Dans le brouhaha du zinc où coude à coude, les habitués se pressent et s'interpellent, il avale rapidement un café et une tartine. Ne s'attarde pas. Pourtant, il n'a pas l'intention de remonter tout de suite à l'appartement. Il doit d'abord descendre à la cave où il a entreposé les quelques affaires de Sophie qu'ils ont gardées.

Ce n'est qu'au bout d'une heure qu'il déniche enfin le carnet d'adresses qu'il cherchait, un petit livre usagé relié de cuir fauve. Il le tient serré dans son poing un moment avant de se décider à l'ouvrir. Le feuillette. Un nom après l'autre. Mais Sophie n'a marqué que les noms de famille en n'inscrivant que l'initiale des prénoms, et il ne parvient pas à se souvenir comment s'appelait cette fille qu'elle leur avait un jour présentée comme sa meilleure amie, une collègue qui travaillait avec elle à la bijouterie.

Il a beau faire, aucun nom ne lui parait familier. Pourtant, il doit absolument la retrouver : si l'histoire de Jeannin est vraie, il est impossible qu'elle ne soit pas au courant, que Sophie l'ait mise au courant ou qu'elle en ait entendu parler à la boutique. Et il a besoin d'une absolue certitude.

Quand il rentre, Eliane est sortie. Probablement faire les courses. Car sa vie ne s'est arrêtée qu'à la maison. Dehors, tout continue comme avant. Ou presque. Un jour, il l'a suivie. A travers la vitrine des magasins, il l'a vue, elle désignait du doigt ce qu'elle voulait, sans prononcer une parole, les commerçants la servaient ; ils paraissaient ne s'étonner de rien, comme si l'habitude était prise depuis longtemps. C'est à cet instant qu'il a compris dans quel abîme elle était tombée et qu'il a su qu'il ne pourrait plus jamais la rejoindre.

Il gagne la chambre, s'étend sur le lit, ferme les yeux. Il n'y a pas de bruit. Seulement, au loin, la rumeur indistincte de la rue. Et les battements de son cœur qui, coups redoublés, remplissent la pièce.

Avenue de Saint-Cloud, la bijouterie a conservé son air familier. Il s'est posté dans une encoignure pour guetter la sortie des employés. A six heures, les rues sont en pleine effervescence, les gens sortent de leur travail, se dépêchent de rentrer chez eux. Il ne comprend pas comment il n'a pu s'intéresser plus tôt à cette jeune fille puisqu'elle était l'amie de Sophie. A côté de quoi sera-t-il encore passé ? Mais, après tout, n'est-il pas passé à côté du principal, c'est-à-dire la détresse de sa propre fille ? Ni lui ni Eliane n'ont rien compris, senti, deviné. Il y a un moment où, ayant grandi trop vite, les enfants s'éloignent, et on renonce à les suivre. Pour les laisser vivre leur vie, paraît-il. Eux, ils ont laissé Sophie aller à la mort. Aveugles.

Un rien boulotte mais la silhouette appétissante, elle marche vite et il a pris son sillage, sûr de l'avoir retrouvée. Elle est sortie la première. Ensemble mauve tacheté de blanc. Légèrement courte sur pattes peut-être. Il s'efforce de ne pas la perdre de vue en progressant au bord du trottoir, accélère le pas parce que, d'un mollet ferme au muscle saillant, elle fonce.

*
* *

— Véronique.

A la seconde où elle a ouvert la porte, il a retrouvé son prénom. Il répète :

— Véronique, vous êtes Véronique.

Elle examine, perplexe, le vieil homme décrépit qui s'enracine sur son paillasson. Elle a enfilé un peignoir de bain et attend la suite tout en le tenant en respect du regard.

— Oh, mais vous êtes...

— Le papa de Sophie, oui. Vous vous souvenez de moi ?

— Il me semble... oui.

Flottement. Ils sont face à face sur le palier, aussi gênés l'un que l'autre, et c'est à qui fera le premier geste, mais rien ne se passe.

— Vous voulez entrer ?

Elle s'écarte comme à regret. Le studio est petit avec un lit en désordre, des vêtements jetés n'importe où, des magazines qui traînent, une pile de disques effondrée et deux plantes vertes calamiteuses qui s'étiolent dans un coin.

De la main, elle lui désigne une chaise, allume une cigarette. Elle suit chacun de ses mouvements, partagée entre la surprise et une inquiétude vague. Elle a un nez mince et pointu qui saille entre deux joues poupines, les cheveux auburn frisottent autour d'un visage plutôt quelconque, et des tâches de rousseur lui criblent le haut de la poitrine qu'il aperçoit dans l'entrebâillement du peignoir.

Elle s'assoit au bord du lit, rabat le drap machinalement, attrape un cendrier.

— Euh... je peux vous offrir quelque chose à boire ?

— Un verre d'eau, si vous avez.

— Bien sûr.

Elle saute sur ses pieds, passe dans la cuisine, revient un verre à la main. Il boit lentement, gorgées minuscules. Maintenant qu'il est là, il ne sait plus très bien par où commencer, tandis qu'elle se contente de tirer sur sa cigarette, bouffée après bouffée, tout en l'observant.

— Vous étiez la meilleure amie de Sophie.

C'est autant une question qu'une affirmation. Elle hoche la tête en se mordillant les lèvres :

— Je crois.

— Voilà, je voulais vous demander... Il y a des choses que je n'ai pas sues au moment du... de... de l'accident... Comment vous expliquer ? Jusqu'à présent, j'avais cru que Sophie avait eu un coup de cafard, n'est-ce pas... Je ne vais pas vous déranger longtemps... Quand... c'est arrivé, je n'ai pas compris ce qui s'était passé, mais les jeunes ont parfois des coups de déprime, même si ça ne lui ressemblait pas. En vérité, je crois que je n'ai pas cherché à comprendre. Et puis, hier, il s'est passé quelque chose. J'ai appris qu'il y avait peut-être eu une raison à son geste. Peut-être. J'avais besoin de vous voir, de vous parler, pour que vous me disiez ce que vous savez.

— Ce que je sais ?

— Oui, il me semble que, puisque vous étiez son amie, elle devait vous parler librement, de ses soucis...

— Je ne comprends pas bien ce que vous

attendez de moi. Pardonnez-moi, mais vous arrivez comme ça sans prévenir pour me poser des questions, et il y a un an que tout ça est fini. Et d'abord, comment m'avez-vous trouvée ?

— J'ai attendu la fermeture de la bijouterie et je vous ai suivie jusqu'ici.

Elle a une moue, recommence à se mordre les lèvres.

— Le mieux, c'est que vous me disiez ce que vous savez. Enfin... ce que vous croyez savoir.

— C'est le mieux, probablement. Il y aurait eu une ou plusieurs lettres anonymes. Elles racontaient des horreurs sur Sophie. Elles sont arrivées à la gendarmerie, mais il y en a peut-être eu d'autres. A la suite de ça, Sophie aurait été renvoyée de la bijouterie.

— Ah, c'est ça...

— Vous êtes au courant, alors ?

— Et quoi d'autre ?

— C'est tout.

— Vous êtes allé à la bijouterie ?

— Non.

— C'était le plus logique pourtant.

— Le renseignement n'était pas absolument certain, il pouvait y avoir une méprise. Et puis, j'ai pensé qu'ils ne m'avoueraient jamais qu'ils avaient mis Sophie à la porte pour une histoire de lettre anonyme.

— De toute manière, qu'est-ce que vous espérez ? Que Sophie soit morte pour ça ou pour rien, c'est du pareil au même, ça va pas la faire revenir. Alors qu'est-ce que vous cherchez au juste ?

— Ce que je cherche ? Mais à connaître la vérité. A savoir qui a tué Sophie. Car elle a été tuée par ces racontars, vous savez. Bien sûr, aux yeux de la loi, ce « corbeau » n'est pas un assassin. Même, le localiserait-on qu'on ne pourrait pas l'arrêter. Et sous quel prétexte le mettrait-on en prison ? On n'a rien à lui reprocher, ou une broutille. Il s'est contenté d'envoyer des lettres et voilà tout, mais il n'a pas poussé ma fille sous le train. Il n'a pas levé le petit doigt contre elle. Cependant j'imagine son plaisir quand il a constaté que son plan avait si bien marché. Et je devrais rester dans l'ignorance, les bras croisés ! Alors, vous pouvez m'aider et me faire gagner du temps, ou bien ne rien me dire et me demander de vous laisser. Mais d'une façon ou d'une autre, j'arriverai à savoir ce que je veux savoir.

— Et... que ferez-vous si je vous dis que tout ça est vrai ?

— Eh bien, il me semble, il faudra que je retrouve ce « corbeau », n'est-ce pas ?

*
* *

Il s'embête, Jeannin. L'ennui le grignote,

l'inactivité le débilite, lui hérisse le poil. Il se sent des courbatures ; c'est une rouille sournoise. A beau, feuille de service tous les matins après avis de la météo, planifier ses journées. Et pour commencer, la lecture des *Nouvelles de Versailles*, quotidien local. Après quoi, la pelle et la pioche, s'attaque à son bout de verdure, tond, creuse, ratisse, bouture. Les visites aux amis et aux anciens collègues. Les séances au stand de tir de la N 10. Et puis, la balade traditionnelle du côté du Château, histoire de se dépayser, de barboter dans des exotismes, invitation au voyage. Se mêle aux visiteurs, prête l'oreille en douce aux idiomes inconnus, hume des odeurs de tropiques. Suffit que débarque un plein car de touristes japonais pour qu'il se retrouve au pied du Fuji-Yama, trois mille sept cent soixante-seize mètres d'escalade, surtout ne pas mollir. Mais se rend bien compte que tout cela n'est que remplissage. Manière de tuer le temps avant qu'il ne vous tuc. C'est qu'il en a connu, lui, des forts en gueule qui partaient à la retraite à coups de trompette, comme quoi c'était pas trop tôt et que, encore vaillants, ils allaient enfin pouvoir vivre leur vraie vie. Et puis, bernique. A quelque temps de là, on les apercevait débris, traînant le godillot, aux lèvres un mégot éteint qu'ils n'avaient même plus le goût de rallumer, petits vieux à poils gris et à la nuque courbée comme si, l'œil terne à ras du sol, ils cherchaient déjà l'endroit où creuser leur tombe.

Il monte à l'étage, pousse la porte de ce que, pour lui seul, il appelle son musée. Une pièce de proportions moyennes où, sur des cintres à pied, il conserve, bichonnés et brossés comme pour la parade, ses uniformes. Des babioles aussi : trophées, photos, le sabre nu d'un gendarme à cheval de la gendarmerie d'élite impériale, parce qu'il avait l'amour du gendarme, le Bonaparte, et de l'ordre, puisque ça va ensemble. Et la bibliothèque. Où s'alignent des histoires de la gendarmerie, des Mémoires de gendarmes, des recueils de faits-divers, des revues, des coupures de presse, le Grand livre d'or historique de la Gendarmerie Nationale en cinq volumes dans l'édition du Comité du Monument à la gloire de la Gendarmerie. Sort du rayonnage les *Conseils de savoir-vivre à l'usage des militaires de la Gendarmerie*, une note interne certes zélée mais un tantinet inusitée mise fissa sur voie de garage. Lit, gourmand, au petit bonheur : « La malpropreté de la bouche entraîne une haleine forte et désagréable dont souffrent les interlocuteurs. Il n'est pas besoin de souligner qu'un gendarme, appelé à de fréquents contacts avec la population, doit faire particulièrement attention à la fraîcheur de son haleine... »

Se sent ragaillardi, Jeannin, en redescendant au salon. Ce pèlerinage lui a été comme une bouffée d'oxygène. Il s'accorde un cigare, s'installe dans son fauteuil préféré, observe la nuit qui, ombres et frôlements, dresse le siège sous les fenêtres.

D'un coup, la pensée des cinq compères qui, la veille, ripaillaient là, lui tombe dessus. Drôle d'association à bien y penser, sans parler de cette idée d'enquêter sur Racine tout de même un tantinet baroque. Mais il est vrai qu'ils les a tous trouvés immédiatement sympathiques, Tachery y compris, il doit bien en convenir. A croire que le désœuvrement lui a neutralisé la méfiance qu'il avait cependant affûtée, guère prompt à se lier, voire même un peu misanthrope, du temps où il portait l'uniforme.

Finalement, qui sont-ils, ces cinq zigues ? Des retraités comme lui. Mariés, pas mariés ? Veufs ou non ? Et où habitent-ils dans Versailles ? Il lui vient des curiosités puériles. Il voudrait savoir leurs petites manies, leurs petits vices, leurs petits secrets. La constatation l'effare : il ne sait strictement rien d'eux. Tous les jeudis, il gave de parfaits inconnus, se déboutonne à force d'anecdotes devant des quidams dont il ignore même le nom. Bien sûr, le premier jour, ils se sont présentés dans l'arrière-boutique de Tachery, mais sans s'apesantir. Comme des gosses qui, à la rentrée des classes, échangent leur prénom et la profession de leurs parents et mettent six mois à repérer leurs noms de famille respectifs.

Brusquement, il a envie de tout connaître d'eux. Sous la robe de chambre du retraité, le limier qui ne dormait que d'un œil soulève une paupière, la truffe frémissante comme à l'approche de la caille ou du sanglier. Il en a des fourmis dans les charentaises.

*

* *

Il s'est tu. N'ose plus regarder Eliane. Il a comme la nausée. Nerveusement, il lisse la toile cirée d'une main tremblante aux veines apparentes, tavelée de taches marron. Mais pouvait-il faire autrement ?

Elle n'a pas réagi. Durant tout son récit, embarrassé, trébuchant, chuchoté, elle n'a pas bronché, rien manifesté. Il y avait juste ses yeux qui ne le quittaient pas, semblaient vouloir lire sur ses lèvres avant même qu'il ait prononcé les mots.

— Je ne pouvais pas me taire, te cacher tout ça. Il fallait que je le partage avec quelqu'un : avec toi. Et puis, je pensais...

Il s'interrompt. Il a cru que le choc causé par le récit la sortirait, fût-ce un bref instant de sa torpeur, et il s'aperçoit seulement maintenant à quel point cette pensée était cruelle.

Il a tout dit : les lettres anonymes, et puis la suite, le renvoi, la honte, tout ce qu'il a reconstitué au fil des heures.

Et Véronique le lui a confirmé : il y avait bel et bien là une rumeur qui tourbillonnait autour de Sophie. On murmurait que les gendarmes prenaient des informations sur elle, et bon, évidemment, à la bijouterie on se demandait de quoi il pouvait s'agir. Jusqu'à ce qu'ils n'aient plus besoin de se demander quoi que ce soit. Car une lettre était arrivée à la boutique, anonyme, ça, elle en était sûre, parce que le directeur la tenait à la main quand il avait convoqué Sophie à son bureau, et elle avait eu le temps de voir qu'elle était composée de lettres et de mots découpés dans des journaux, comme dans les films.

Après ça, cris et claquements de porte, Sophie était partie sur-le-champ, sans le plus petit délai, fichue à la porte, oui. On ne l'avait plus revue. Le soir même, Véronique avait essayé de la joindre. Peine perdue. Elle avait refusé de la prendre au téléphone. Et pareil les jours suivants. Alors, elle avait pensé que tout rentrerait dans l'ordre avec un peu de temps. Mais le temps, en somme avait manqué. Par moments, elle se sentait vaguement coupable de n'avoir pas eu le cran d'insister plus pour obliger Sophie à la voir.

Au bout de son fil, la grosse ampoule protégée par un abat-jour plat, large comme une auréole, laisse tomber une lumière crue qui les maquille en blafard, les barbouille de traînées mauves. Assis chacun à un bout de la table, ils ont l'air d'un congrès de zombies. De toute façon, morts-vivants, en ce qui les concerne, il y a de ça.

Débit haché, il reprend :

— Et nous, on n'a rien su, alors qu'il y avait quelqu'un qui se réjouissait du désarroi de notre petite fille, qui est peut-être venu au cimetière en jubilant sous des airs de circonstance...

Sa voix se casse. Les narines pincées, il respire difficilement. Sa main se contracte réflexe, se replie en griffe, les ongles crissent sur la toile cirée.

— Alors, il faut qu'on sache pourquoi il a fait ça, pourquoi il a fait ça à Sophie, pourquoi il nous a fait ça.

CHAPITRE IV

Il n'est que neuf heures du matin et Blaval en est à son quatrième café, le sirote non sucré avec une légère grimace, mais pas de quoi lui ébranler les nerfs que, réputation oblige, on certifie d'acier. Par la fenêtre de son bureau, il observe le manège d'un cador taquin qui, infiltré dans le saint du saint et inconnu au bataillon, se régale corrida avec les véhicules qui évoluent dans la cour de la caserne, tant et si bien qu'il va bien finir par y avoir un maladroit pour froisser de la tôle. Se plante, marbre commémoratif, la bestiole, l'air de rien, tandis que l'engin réglementaire, Estafette ou 4L, s'élance. Torsion de reins, s'esquive au dernier moment. C'est le Cordobès des clébards. Berger certes allemand, mais avec un chouïa probable de sang ibérique.

— Il est à qui ce chien ?

Constant lorgne par-dessus l'épaule de son chef.

— Aucune idée, mon capitaine.

— Quand même, ça fait désordre au milieu de la cour. Ils ont l'œil à quoi, les plantons ? Dites-leur qu'ils se secouent, Constant, et qu'ils chopent cet animal.

Sort. Puis revient, l'adjudant. Dans la cour, le chien joue maintenant à la corrida avec les plantons.

Vient au rapport, Constant, narre les menus incidents des dernières heures, que Blaval soit au parfum du tout-venant. Et, d'abord, vers vingt-deux heures hier soir, une camionnette stationnée à quelques mètres de la grille du cimetière des Gonards. Et tous feux éteints, le genre de détail chafouin à mettre presto la puce à l'oreille du gendarme. Or, précisément, dans l'alentour, patrouillait une patrouille, et interpellation du propriétaire au moment où, catimini, il regagnait son véhicule. « Vos papiers, s'il vous plaît. » Urbain mais policé, loupiote pleine poire. Fleuriste de son état, le quidam, à en croire ses faffes. La preuve : à l'arrière du véhicule, cinq gerbes et trois couronnes. Après quoi, ne s'était pas trop fait prier pour confesser qu'il venait de se ravitailler en fleurs fraîches, de quoi garnir sa devanture, en pillant un caveau où, le matin même, on avait enseveli un cher disparu.

A part ça, un dancing du côté de Vaucresson accueillerait des mineurs et leur servirait de l'alcool et Dieu sait quoi encore. L'information restait à vérifier, mais discrètement pour éviter tout incident, vu que la dernière fois que les gendarmes étaient allés là-bas faire un petit tour, ils avaient été accueillis à coups de lancers de bouteilles.

Et puis, une heure plus tôt, on avait récupéré, abandonnée en pleine forêt, une autostoppeuse en loques et en larmes. Violée. Schéma archiclassique et parcours fléché de l'attentat à la pudeur et autres sévices : faisait du stop à la Porte d'Orléans, ramassée par un automobiliste, sortie d'autoroute impromptue du côté de la vallée de Chevreuse et agression dans le sous-bois.

— Et toujours rien sur notre braqueur ?

— Rien de rien. Une fois de plus, il a échappé aux collègues à Paris.

L'adjudant parti, Blaval décroche son téléphone, demande un numéro au standard. La communication est établie presque aussitôt.

— Capitaine Blaval, je voudrais parler au directeur.

— Ah, capitaine, ici le directeur.

— Je voulais savoir si vous aviez décidé de mettre mon conseil en pratique pour protéger votre agence.

— Certainement, capitaine, certainement. On attend les ouvriers d'une minute à l'autre.

Dès aujourd'hui, un système électrique va être installé, c'est la sagesse même.

Raccroche, le capitaine. Se passe machinalement la main dans ses cheveux blonds et songe qu'il faudra quand même qu'il passe un de ces jours chez le coiffeur ; gendarme mais pas zazou.

Matinée calme. Blaval retourne à sa fenêtre. Le chien n'est plus là. La routine reprend ses droits. Et pour combien de temps ? se demande-t-il.

— Blaval ? Ici Jeannin.

— Comment va ?

— Plutôt bien. Dites-moi, je ne vous dérange pas ?

— Non.

— Si vous ne faites rien de spécial à midi, on pourrait déjeuner ensemble au mess de Satory.

— Volontiers, vers une heure.

Jeannin repose le combiné, le reprend dans le même mouvement, compose le numéro des *Nouvelles de Versailles*, rue des Etats-Généraux.

— Les *Nouvelles*, j'écoute.

— Bonjour. Commandant Jeannin. J'aimerais entrer en contact avec l'un de vos journalistes, Nivôse...

La voix, féminine et sans âge, se fait perplexe.

— Nivôse ?

— Nivôse, oui. C'est un prénom mais je n'ai pas son nom.

— Je crains qu'il n'y ait personne s'appelant comme ça à la rédaction, et je connais tout le monde. Il doit y avoir erreur, ou il travaille peut-être ailleurs. A moins qu'il ne s'agisse d'un pseudonyme ?

— Il est à la retraite.

— Ah bon, c'est autre chose. Un instant.

Claquement dans le récepteur, et une autre voix, d'homme cette fois, prend le relais :

— Oui ?

Rogue, le ton. Jeannin reprend son laïus de zéro. A l'autre bout du fil, rêveur, son correspondant répète « Nivôse, Nivôse » comme s'il battait le rappel de souvenirs d'un autre temps. Et, d'ailleurs, c'est le cas.

— D'accord, je vois, une fine gueule, n'est-ce pas, votre Niovôse ? Et aussi une grande gueule. Il a travaillé ici, effectivement, mais il n'y travaille plus et depuis un moment. A ma connaissance, n'a pas redonné de ses nouvelles, mais bougez pas, je vais voir si je peux trouver des coordonnées.

L'attente est de courte durée.

Je ne trouve qu'un numéro de téléphone.

Je ne sais pas où il aboutit, si c'est son perso ou pas, mais vous verrez bien.

*
* *

— Jean-Luc.

Le garçon relève la tête, tout en achevant de glisser sa raquette dans son étui, il est en sueur et il n'est pas d'une humeur excellente vu qu'il vient de perdre son match, écrasé piteux par le service boulet de canon d'un brun poilu et trapu à qui une blonde franchement enthousiaste est en train de consacrer d'affectueux transports. A croire, à le voir aussi contrarié, qu'elle était l'enjeu de la partie, « je-te-l'emballe-en-trois-sets ».

— Oui ?

Tout comme Véronique, il ne le reconnaît pas, sauf que lui n'a guère d'excuse puisqu'il était le fiancé de Sophie et que leur histoire a duré un an, suffisamment pour qu'il vienne manger à la maison, et souvent encore. Le jeune homme se redresse en contenant un geste d'impatience, le front plissé.

— Oh !

Ça y est, il le remet. C'est le père de... mais oui. c'est... Tellement changé, aussi... Tout ces cheveux blancs... Du coup, Jean-Luc revoit tout. Planté piquet, avec son jeu de raquette qui se détortille, il prend un grand coup de flash-back derrière les oreilles :

Sophie dans sa robe Liberty, les déjeuners du dimanche, le baise-main à la vieille, le gigot toujours trop cuit, et l'autre, là, avec son bon air de chien battu, ce pauvre con qui prenait des détours malins pour lui parler d'avenir, avec tout le respect qu'on doit à un futur gendre. « Encore un peu d'armagnac, Jean-Luc ? » Ils étaient bien gentils, ces vieux. Mais alors des glus... Ah si Sophie avait été comme ça. Elle c'était plutôt le contraire. Le contraire d'une glu, même. Tellement peu collante qu'il n'avait pas été fichu de la retenir.

— Ça me fait tout drôle..., lâche l'ancien futur gendre en reprenant son souffle. Ça me fait tout drôle, qu'il répète pour meubler.

Par réflexe, il tend une main morte. Mauvaise idée. L'autre s'y accroche, serre longuement, œil humide, figé statue du Commandeur. Infect et ridicule, se dit Jean-Luc en essayant de se dégager.

— J'ai essayé plusieurs fois de vous appeler, monsieur, vous savez... Plusieur fois, oui. J'aurais bien aimé qu'on se revoie. Et puis...

Et puis ne sait plus quoi dire, Jean-Luc. A envie de partir en courant, planter là ces bons mauvais souvenirs qui fleurent la naphtaline. Cherche des yeux une sortie. Le père de Sophie s'en est rendu compte.

— Vous êtes en voiture, Jean-Luc ?

Signe de tête petit garçon.

— Vous pouvez me ramener à Versailles ? J'aimerais bien qu'on parle un peu.

*
* *

Pas content, Jeannin. Pousse un grognement en reposant brusquement le combiné. Chou blanc sur toute la ligne. Nivôse ne répond pas, ou alors, le numéro n'est... Essaie une dernière fois. S'agace, jure un coup. La petite enquête tourne eau de boudin. Jeannin adore.

Pour s'échauffer le flair, comme ça, il consigne les noms sur une demi-feuille blanche.

« Antoine »... Là il connaît le nom de famille : Néron. Néron S.A., boucherie en gros. Trop facile. Au suivant.

« Victor », Un blanc au patronyme. Profession : retraité ; ancien bedeau de Saint-Symphorien. Adresse inconnue. Voir avec l'Eglise.

« Paul-Louis ». Nom : un blanc. Profession : un blanc. Jeannin ajoute tout de même « Retraité », pour faire bonne mesure.

« Nivôse ». Pseudonyme de journaliste ? Téléphone : à vérifier.

« Georges ». Employé municipal. Téléphoner à la mairie.

Jeannin se balance sur son fauteuil. Il a oublié Tachery ? Que non. Le libraire en fuite n'a rien à faire sur cette liste. Ne fait plus partie du petit club. Mérite son dossier à lui tout seul. Jeannin fouille dans un tiroir, ramène une liasse de notes et un gros crayon rouge qu'il lèche avec application. Et sur la première page, à côté du nom de Tachery, il trace un flèche à deux branches. Voir avec capit. Blaval.

Blaval. Jeannin jette un œil à la petite pendulette Empire-Barbès qui trône sur sa cheminée. Encore trois bonnes heures à tuer avant le rendez-vous au mess. Tire son annuaire. Recherche par professions. Boucheries. Versailles. Néron.

— Allô ?

La voix, pour sûr, Jeannin l'a reconnue. Le ton geignard du monsieur qu'on dérange. Avec un brin de l'agressivité des timides.

— Allô ? s'obstine la voix.

Ne répond rien, Jeannin, suffoqué. appelait Néron et tombe sur...

— Allô ?

Cette fois c'est Néron. Furieux gueulard, pâteux, réveillé en sursaut, violé dans sa grasse mat'.

— Bonjour, monsieur, se décide Jeannin en déguisant sa voix. Ce serait pour une commande...

— Mais qui vous a donné ce numéro, bon Dieu ? La boucherie est fermée depuis deux ans.

Claquement sec, trois secondes de vide et la petite sonnerie inlassablement pressée qui vous nargue quand vous vous êtes fait raccrocher au nez.

Jeannin écoute sans entendre. Pose le combiné à regret, suspendu, songeur. Puis sur sa petite liste, l'ancien commandant de gendarmerie trace une flèche, une énorme flèche rouge entre Néron Antoine et Victor, bedeau. Et dans la marge, de la même couleur, il ajoute un point d'interrogation. Parce que, n'est-ce pas, indice n'est pas preuve.

*
* *

En sortant du vestiaire, Jean-Luc a le vague espoir que le vieux sera parti. Mais, pensez, le voilà qui lui surgit derrière l'épaule, haleine fétide des grands ulcéreux.

— Sophie aimait beaucoup le tennis aussi...

— Ça c'est vrai, monsieur...

Que voulez-vous répondre dans ces cas-là ? Qu'elle jouait dix fois mieux que lui ? Qu'elle se moquait de lui ? Qu'elle n'arrêtait pas de répéter qu'elle avait eu une drôle d'idée le jour où elle l'avait parrainé au club de Jardy, que les anciens haras de Boussac, ce n'est tout de même pas fait pour les ploucs... Tout cela, évidemment, il ne peut pas le dire au vieux. Alors, il fait dans la banalité polie.

— Elle jouait bien, Sophie... Qu'est-ce qu'on a pu échanger comme balles ici...

Silence jusqu'à la voiture. Pétarades de l'Austin noire, marche arrière. Le vieux commence, on ne l'arrêtera plus. Raconte ses soupçons, ses craintes, l'histoire de la lettre, rentre dans les détails, mentionne la visite à Véronique. Vous la connaissiez, Véronique ?

Jean-Luc qui n'écoutait plus a manqué rater le tournant de l'avenue de Villeneuve-l'Etang. Arrivait trop vite, redresse sur l'autre file, coup de klaxon.

— Vous la connaissiez, Véronique ?

— Ben... Je la voyais un peu... C'était une amie de Sophie. Alors, forcément...

Silence encore. Le mur entre les générations. Trop d'eau qui a coulé. N'ont rien à se dire, l'ancien père et le futur gendre.

— Permettez que je fume dans votre voiture ?

— Mais je vous en prie.

— Cigarette, Jean-Luc ?

— Volontiers... Merci. Je veux bien du feu aussi.

Re-silence. On les entend qui tirent sur leurs clopes. L'Austin rote à sous-régime.

— Il faudrait qu'on se revoie plus tranquillement, monsieur... Là, il faut que j'aille travailler... J'aimerais bien vous aider, mais...

— Mais vous pouvez m'aider, Jean-Luc.

Cette histoire de corbeau... Vous avez sûrement des renseignements à me donner.

Le jeune homme se terre dans un silence bécasson. Ne sait rien, ne veut rien savoir. Le vieux revient à la charge :

— Je sais que c'est difficile, ce que je vous demande. Je débarque, comme ça. Je remue des vieux souvenirs... La page est tournée...

— Ah ça, non, monsieur ! La mort de Sophie, je peux vous le dire à vous, je ne m'en suis pas remis. J'avais...

— Vous aviez ?

— Comment dire... Sophie, pour moi, c'était...

— Je peux vous poser une question, Jean-Luc ?

— Mais oui, monsieur.

— Une question indiscrète. Je vous promets que cela restera entre nous. C'est très important pour moi de savoir. Vous comprenez ? Si vous me répondez...

Jean-Luc ne quitte pas la route des yeux. Sent la présence de l'autre qui se penche sur lui, sent son haleine pestilentielle.

— Vous vouliez l'épouser, n'est-ce pas ?

— Mais... bien sûr, monsieur.

Jean-Luc glisse un regard en coin. Juste pour vérifier l'impact de ce bon gros mensonge qui ne coûte rien. Evidemment qu'il ne va pas aller lui raconter la vérité à ce pauvre vieux.

On ne tire pas sur les ambulances. Et qu'est-ce que ça changerait, d'abord ? Sophie, il ne l'avait pas vue depuis des semaines. Plus de nouvelles, rien. Partie sans même lui laisser un mot.

— Bien sûr, monsieur, qu'on voulait se marier.

Il en rajoute, Jean-Luc, pour le final. Il a garé sa voiture devant la vieille maison grise, tire un mouchoir, se mouche à vide, pousse un soupir.

— On se reverra, monsieur... On se reverra... Mais là, vraiment... Il va falloir que j'y aille.

*
* *

— Qui était-ce, Antoine ?

Néron ne répond pas. Tourne autour du lit à baldaquin tendu de moire pourpre et de gorets dorés.

— Qui était-ce ? Répondez-moi, bon sang ?

— Mais j'en sais rien, Victor. Une erreur. Vous l'avez entendu comme moi. Une commande pour la boucherie. Si vous imaginez que tous les gens qui téléphonent...

— Et pourquoi il ne m'a rien dit à moi ?

— ...

— C'était lui, c'était la voix. Je l'ai reconnue. Il va nous traquer jusqu'à...

— Mais calmez-vous, bon sang. Je vais faire changer le numéro. Je vais nous mettre sur la liste rouge. J'irai demain, c'est promis.

— Ta ra ta ta. Vous y allez tout de suite, Antoine. Demain, c'est samedi. Je n'ai aucune envie de passer un week-end à répondre aux coups de téléphone anonymes. Ça va pas recommencer, tout de même.

L'ancien boucher hausse les épaules et rétorque, agacé, que de toute façon, le temps de la procédure administrative, il faudra au moins une semaine...

— Mais enfin, Antoine, qu'est-ce qu'ils nous veulent ? La concierge, qui me regarde toujours par en dessous, le commandant Jeannin qui ne m'adresse jamais la parole. Et aujourd'hui, un nouvel appel. Ça s'était pourtant calmé depuis six mois. J'en ai assez de cette vie, moi, vous comprenez. Déjà qu'on est obligé de se cacher. Et qu'est-ce qu'il y a de mal, après tout. On est libres. Dans les sociétés civilisées, l'homosexualité...

— Fermez ça, vieux. Vous devenez paranoïaque. J'ai encore envie de dormir.

CHAPITRE V

Quand il rentre, il va directement à la cuisine. Eliane est assise sur sa chaise, dos tourné à la fenêtre, les deux mains posées bien sagement sur sa jupe. Elle ne bronche pas quand son mari entre dans la pièce.

Il se sert une bière. S'installe en face d'elle, les deux coudes étalés sur la table couverte de lino jaune, menton posé sur les mains.

— Ça y est, j'ai vu Jean-Luc, annonce-t-il triomphal à sa femme.

Elle le regarde de ses grands yeux vides.

— Tu sais, Elianc, il n'a pas changé, notre Jean-Luc. Toujours aussi gentil. Il était au tennis, comme je t'avais dit. J'en étais sûr. Un grand sportif. Comme Sophie. Il l'aimait bien notre Sophie. Tu vois, ils avaient décidé de se marier. Je te l'avais bien dit.

Chaque fois qu'il parle à sa femme, il lui lance des bouées. Comme ça, pour tester. Pour la pousser un peu à bout, lui faire de la peine, quelque chose. Qu'elle réagisse, quoi. Mais elle reste toujours de marbre. Rien, pas même un mouvement de paupières. Alors, comme chaque fois, il continue un petit moment de se raconter son histoire mais pour lui-même. Il marmonne que non, Jean-Luc n'a vraiment pas changé, qu'il va le revoir bientôt, c'est promis, parce que, là, il était pressé, mais que... Et puis le récit s'arrête, la voix s'étouffe. Et il se dit que non, c'est la dernière fois. Il ne lui racontera plus. C'est trop vain, trop pitoyable.

*
* *

Les marches sont en gâchis de gravier, plutôt larges, glissantes, mais Jeannin les avale toujours deux par deux, en sautillant. Il adore aller au mess de Satory.

Il adore cette ville de militaires, ce lieu clos en aquarium où l'on s'attendrait presque à voir une barrière à l'entrée avec un planton pour présenter les armes. Aujourd'hui, comme il était un peu en avance, Jeannin a traînassé en voiture dans les rues, vitres baissées, moteur au ralenti. A l'angle de l'allée des Mortemets et de l'allée des Matelots, Jeannin s'est même arrêté un moment, portière ouverte, pour contempler la cité morte. Debout, jambes écartées et bras posé sur les reins, notre commandant à la retraite se prenait pour un seigneur inspectant son domaine. Vue panoramique sur le camp, bonne odeur des treillis qui sèchent aux balcons, silence de ces familles nombreuses aux enfants trop sages. Jeannin jubilait. Et il est presque remonté à regret dans sa BX bleue. N'aurait tout de même pas fallu se mettre en retard.

Le mess des officiers est pratiquement vide lorsqu'il pousse la porte. Au fond, à la place d'honneur, il y a la « table du chef de corps » mais le couvert n'est pas mis. Ni le petit drapeau. Ah ! le petit drapeau. Si les civils savaient ça ! C'est un rite, une sorte de secret mal gardé qui fait sourire tout Satory. A chaque début de repas, le chef de corps fait lever les couleurs au milieu de la table. Le moins gradé des invités est chargé de faire grimper le drapeau en laissant soigneusement coulisser les cordes entre ses doigts, pas trop vite, pas trop lentement, juste ce qu'il faut, comme pour un vrai lever de couleurs, mais avec un mât de quinze centimètres.

Habituellement, en l'absence du chef de corps, le drapeau est en berne. Cette fois, il n'y a rien. Le général doit être en déplacement, se dit Jeannin. Puis il continue son tour de salle. Personne, donc. Juste une table de trois. Un colonel, avec sa femme, le fils posé entre eux et un chariot de hors-d'œuvre avec un grand gaillard boutonneux engoncé dans un déguisement de serveur. Jeannin s'incline devant madame, sourit respectueusement à monsieur, ignore gamin et appelé loufiat, puis monte quatre à quatre au bar des sous-officiers. Le temps de s'en jeter un petit, en attendant Blaval.

La grande salle est pleine de gendarmes, avec un engorgement de foule autour du baby-foot. Jeannin, qui n'a repéré aucun visage connu se fraie un passage tête haute, sourire agacé, façon « nous ne sommes pas du même monde ».

— Commandant Jeannin, souffle-t-il, complice, au barman qui n'en peut mais. Donne-moi donc un pastis !

Le loufiat s'exécute. Quarante-cinq centimes.

— Tiens, voilà un franc. Garde donc la monnaie et va faire la noce.

Coup d'œil à sa montre. Jeannin avale un deuxième pastis, oublie de le payer et repart affairé direction le sens de mon bras. Blaval doit être là. Blaval est là. Salutations, flatteries, banalités, hors-d'œuvre, garçon boutonneux, vif du sujet :

— Tachery ? Mais comment vous êtes au courant de cette affaire de ballets bleus, mon commandant ?

Jeannin se rengorge : jamais vraiment à la

retraite, un gendarme, toujours actif. Explique Racine, l'Affaire des Poisons...

— L'Affaire des Poisons ? Sur Versailles district ?

Sourire condescendant du commandant, jeu de manche didactique avec cafouilles chronologiques. Raconte l'idée de Tachery, les petites réunions chez lui, dans la librairie.

— Vous êtes allé dans la librairie, mon commandant ?

— Quelque fois, oui.

— Alors là, vous m'épatez. Vous savez qu'on a fait une nouvelle perquisition la semaine dernière ? Un sacré bazar, là-dedans... Vous aviez remarqué les dessins cochons ?

— Des dessins cochons ? s'écrie Jeannin en écho.

De surprise, le serveur acnéique a manqué faire tomber la bouteille de vin. Grosse tache sur la nappe de piqué blanc, comme une traînée de sang pas frais. Les deux gendarmes s'interrompent pour lancer un regard réprobateur au malheureux appelé qui rougit jusqu'aux points noirs. Fuite en cuisine.

— Et, en plus, il nous sert du poisson.

— Forcé, capitaine. Nous sommes vendredi.

— Je veux bien, mais tout de même.

— Ah tout de même, très important, cette

petite histoire du jour maigre, s'insurge le commandant.

Et il enchaîne sur une nouvelle lubie qu'il a, Dieu sait, diablement potassée à temps perdu. Explique pourquoi, comment, s'étend, se vautre dans son savoir encyclopédique, rentre dans les détails. Révèle :

— Vous saviez que cette coutume des pays catholiques d'interdire la consommation de viande le vendredi est à l'origine de l'extinction de la race des castors ?

Blaval lève un regard étonné de son assiette de poisson qu'il s'obstine à déguster à la française, à l'élégante, avec un petit bout de pain et sans couteau.

— Les castors, mon commandant ?

— Les castors, effectivement. Je vous raconte l'histoire. Un obscur jésuite... Si tant est qu'un jésuite puisse être obscur... Un obscur jésuite, donc, avait déclaré au milieu du seizième siècle... Vous me pardonnerez, mais je ne me souviens plus très exactement la date ; ce devait être tout de suite après l'approbation de la Compagnie de Jésus, en 1542 ou 1543... Saint Ignace n'était plus... Mais je m'égare. Arrêtez-moi si je vous ennuie...

— Pas du tout, mon commandant. Vous me racontiez une histoire de castor à propos du vendredi saint.

— Nous y voilà. Ce jésuite déclare que la

queue de castor n'est pas de la viande mais du poisson. L'occasion était trop belle. L'Eglise s'y est enfournée. La chasse aux castors était ouverte. D'où l'extermination des castors en France.

— Invraisemblable. Et vous l'avez appris comment ?

— Des recherches personnelles, capitaine. De la lecture, beaucoup de lecture.

Silence admiratif. Blaval grignote un peu de mie de pain pendant que Jeannin classe les miettes en colonne sur la nappe blanche.

— Et pour en revenir à Tachery, mon commandant... Vous avez des renseignements sur lui ?

— De petites choses, des broutilles. Vous savez, on se voyait régulièrement, mais sans vraiment se connaître. Le petit club, c'est plutôt un prétexte... Tuer le temps, voyez-vous... D'ailleurs, les autres non plus, je ne les connais guère...

— Pour eux, c'est plus facile, ils n'ont pas disparu, eux.

— Facile, facile, comme vous y allez, capitaine. Vous savez, quand on est à la retraite...

— Allez, mon commandant... A qui ferez-vous croire ?

— Non mais... si vous pouviez... comment dirais-je... me donner quelques renseignements sur mes gars... Voyez ce que je veux dire... Enfin, tout ça, c'est... Mais, bon... pour Tachery, je dois avoir des trucs... Voyons...

Jeannin sort une fiche de bristol couverte de pattes de mouches, de signes, de flèches, surtout. Beaucoup de flèches.

— Tenez. Deux, trois éléments que j'ai consignés. C'est tout ce que je peux pour vous.

Blaval prend la fiche, déchiffre, s'épate, sourit.

— Beau travail, mon commandant. Et dire que vous prétendez ne pas connaître les membres de votre club !

— Mais je ne les connais pas, capitaine. Pas ceux qui restent, en tout cas. Pour ça, je compte sur vous...

— O.K., mon commandant, j'en fait mon affaire. J'ouvre l'enquête...

— Mais discret, capitaine, discret. Ces gars-là n'ont rien à se reprocher. C'est juste par... enfin, pour savoir à qui j'ai affaire, quoi...

— Bien reçu, mon commandant. Vous saurez tout lundi prochain. Un peu de fromage ?

Jubile, Jeannin. Se ressert en reblochon. A gagné sa journée. Arme son couteau d'un quart de camembert et le brandit jovial, déclare, bouche pleine, que de toute façon pendant le week-end, lui aussi, il va travailler. Va lui trouver des éléments nouveaux sur

Tachery. Que c'est l'avantage de la retraite. Autant s'occuper intelligemment, renchérit Blaval. Et la conversation s'amollit doucement sur les charmes de l'inactivité.

— Tiens à ce propos, demande Jeannin, vous connaissiez Goudard ? Mais si, le commandant de la division blindée. Eh bien, lui, il s'est recyclé dans les conventions pour cadres supérieurs. Allons, capitaine. Vous connaissez forcément ! Ces week-ends de formation professionnelle. Les gymkhanas dans la nature. Ces parcours du combattant où ils galvanisent les forces de vente en leur faisant de grosses peurs.

— Ah oui, j'ai lu un article. On les enlève, on leur fait peur, on les teste dans des situations difficiles...

— Exactement... J'ai bien envie de monter un truc dans le genre à Versailles. Vous en seriez, vous, capitaine ? Non, bien sûr, pas à temps complet. N'êtes pas à la retraite, vous. Comme conseiller, quelque chose comme ça. J'aurais besoin d'un homme actif dans votre genre. Alors, ça vous intéresse ?

— Faut voir, mon commandant... Faut voir.

— Je vous en reparlerai. C'est pas pour tout de suite, en tout cas. Mais je crois que l'idée est bonne. Ça marche du feu de Dieu en Amérique. Vous savez comment ils appellent ça, là-bas ? des *murder parties*. Il y avait les surprise-parties. Maintenant, il y a des meurtre parties.

*

* *

Jean-Luc est le dernier à quitter l'agence. Il a l'air pressé, s'installe dans son Austin, se ravise, court au tabac du coin et revient avec une cartouche de Winston. Depuis ce matin, il s'est remis à fumer. Les histoires du vieux, toute cette vase remuée. Deux paquets. Combien de sets pour éliminer ? Jean-Luc n'a pas la tête au tennis. Pas le temps non plus. Jette un coup d'œil à sa montre. Il a un dîner à Paris. C'était bien le jour. Pas possible d'annuler. Gros contrat à l'appui. A cette heure-ci, il en a pour cinquante minutes au bas mot : la porte de Saint-Cloud va être bouchée, toute la banlieue qui rapplique. Autant repasser chez lui. Pourra se changer, prendre une douche. Oblique à gauche, direction Rocquencourt.

Il habite une jolie maison, Jean-Luc. Un héritage de sa mère. Avant, elle la lui prêtait. Maintenant, il est propriétaire. Il loue le premier étage et vit au rez-de-chaussée. Tranquille comme Baptiste ; un bout de jardin derrière, jamais un bruit. Les locataires de dessus sont partis dans le Midi.

Jean-Luc gare sa voiture devant le portail.

Pas le temps de la rentrer. Pousse le lourd battant qui ne ferme plus. Se glisse à l'intérieur de la cour pavée. Trottine jusqu'au perron, gros cul de sportif, marque du slip sous le pantalon. Tiens, la porte est ouverte. Jean-Luc a fait un bond en arrière. Sa joue a éclaté sous le coup de rasoir. Il y porte la main, incrédule. Sent sous ses doigts les deux lèvres chaudes de la blessure et au fond quelque chose de dur : ses dents. Hurlement. Deuxième coup de rasoir. La lame vient glisser sur sa paupière, s'enferre dans l'œil. Jean-Luc entend très bien le bruit qu'elle fait en passant dans l'orbite. Il la devine butant sur la pommette, revenant. Il s'arrache d'un bond, se jette à terre, part à quatre pattes. Un autre coup sur la nuque. L'oreille emportée. Un autre encore. Le va-et-vient de la lame derrière la tête. Comme un chatouillement agréable. Une caresse bien chaude pour s'endormir.

*

* *

S'il savait pleurer, sûr qu'il sangloterait. Mais on ne lui a jamais appris. Alors, il imite. D'instinct. Secoue les épaules, grimace à sec, roule la tête, tord ses gros doigts poisseux. Tassé sur le même strapontin depuis Ivry, Mehdi dodeline. Gueule béante, à souffler comme un phoque, il est arrivé à vider le compartiment. Les autres voyageurs ont déserté. L'odeur.

Ignorant les mouvements de reflux de foule, Mehdi remâche son désespoir. Yvonne a des problèmes. Sérieux. Elle prend l'eau, son épave. Un boulon qui s'est dévissé au niveau de la cheville. Le reste, il n'a pas compris. Le bout de fer remonterait lentement vers le cœur, ou quelque chose comme ça. Tout ce qu'il sait, c'est que le temps presse. Opération urgente. Payable d'avance. Fin de droits, sans sécu. Pas de crédit. Alors, Mehdi a recours à sa petite tirelire providentielle : la succursale de Versailles-Chantiers.

Il n'est certes pas taraudé par le remords. Mais bon... d'habitude, il attend un certain temps. Au moins que le besoin s'en fasse ressentir, que les bacchantes aient repoussé. Trois semaines, un mois. Or, là, urgence. Alors Mehdi s'est procuré un postiche farce et attrapes. Du mal imité. Une grosse moustache en coton trempé d'encre. Le gratte sous le nez, se décolle dans les coins. Travail bâclé. Soupir.

Versailles-Chantiers. Mehdi descend, s'installe sur le banc habituel et attend, œil rivé sur la grosse horloge. Dans cinq minutes, il opère. Les voyageurs du samedi matin passent devant lui, sans le remarquer ; mais lui, pour une fois, les surveille. On dirait qu'il les compte, avec son œil chassieux.

A l'heure dite, il se lève. Survêtement qui colle. Il a chaud, ce matin. Il sent son pantalon qui s'entortille le long du mollet comme s'il était trempé, comme s'il était dans l'eau. Et le pistolet, aussi, tout tiède, tout gluant contre son ventre. Mehdi ralentit le rythme de sa petite marche pressée au fur et à mesure que se rapproche la succursale. A dix mètres environ, il se met à l'arrêt, patte levée. Se rajuste une dernière fois, bacchantes, rouflaquettes, prend son élan, ramasse son souffle et fonce fissa sur la porte. Le choc. S'est éclaté l'épaule. Insiste, secoue la poignée. Ne comprend pas. D'habitude, ça s'ouvre tout seul. Colle son nez à la vitre, roule un œil incrédule. A l'intérieur, on lui fait fête. Les employés se sont levés derrière leur comptoir et le regardent un rien goguenards. Mehdi, pas content, y va du pied, maintenant, donne du genou, du ventre, pousse tout son petit corps, s'arcboute titan. Rien à faire. Que partir. Mehdi renonce sans y croire. Il rebrousse lentement, à reculons. Ne sait plus où il va. Se met à galoper. Court comme un dératé. Ne pas rater son dur. Ce serait drame.

C'est le drame. Il arrive sur le quai au moment précis où la rame s'éloigne. Voit passer les wagons, bras ballants. Et trois gendarmes aussi, qui courent dans sa direction, une main posée sur l'arme de service, l'autre pour retenir le képi. N'hésite pas, Mehdi. Ni une, ni deux, saute une barrière, se rue dans la rue. Un vieux monsieur qui passe en mobylette. Renverse le tout d'un sale coup de pied. Saute sur la selle. Part en pétaradant, petits coups d'œil furtifs derrière lui, moustache en bataille, postiches au vent.

— Bravo Zorro. Objectif repéré. A vous.

— Localisation ? A vous.

— Avenue de Versailles. Prend la rue de Portier. Le suivons à distance. Attendons instruction. A vous.

— Pas d'interception en milieu urbain. Attendez moment opportun. Vous rejoignons. A vous.

— Bien reçu. A vous.

— O.K. Terminé.

Blaval est au volant de sa 205 préférée. La rouge, la banalisée. Conduit nerveux. Se faufile en sifflotant dans la circulation. A tout hasard, il a tiré le gyrophare de dessous le siège conducteur. Baisse aussi le pare-soleil côté passager, avec l'écriteau phosphorescent : « gendarmerie ».

— On va le coincer, Delage. Je le sens.

— Sûr, mon capitaine. C'est du tout cuit.

— Tiens, voilà le véhicule de Constant...

Mais, il le suit de trop près, ce con... Bravo Zorro, tu me reçois ?

— Cinq sur cinq, mon capitaine. A vous.

— Tu le serres trop, vieux. Prends du champ. Il est armé. A vous.

— O.K., bien reçu. A vous.

— Tu restes en ligne.

Tête baissée sur son guidon bracelet, genoux en équerre, écartelé comme une grenouille, Mehdi a vu la voiture qui lui emboîte la rue. Tire son flingue poisseux. L'engin lui échappe, rebondit dans un bruit de ferraille. Rocquencourt. Une rue qui file vers la droite. Tourner tout de suite. Mehdi tord son guidon à angle droit. La voiture n'a pas suivi. La mobylette non plus, dérape dans une poubelle. Roulé-boulé, Mehdi est déjà reparti en courant.

— Nom de Dieu, Constant. Où il est ?

— Peut pas être loin, mon capitaine. C'est une impasse.

— Bon, toi, tu restes ici. Tu appelles du renfort. Delage, tu te déploies à droite, et toi, Constant, tu passes par-derrière. Tu surveilles les toits. Moi, je vais tout droit. O.K. ?

Mehdi est plus loquedu que jamais. Sa chute lui a emporté la moitié d'une jambe de pantalon, il est blessé, boîteux, essoufflé, court en zigzag, cassé en deux. Et il voit le portail. Le seul de la rue qui soit entrouvert. Presque une invitation. Mehdi s'y jette tête baissée. C'est une très belle maison, avec du lierre aux fenêtres. Un bout de jardin, une cour pavée et un homme qui regarde fixement Mehdi, la gorge ouverte en boutonnière.

— Mains sur la tête, vieux. Ou je te lâche un pruneau.

Mehdi n'a pas le temps de se retourner qu'il est déjà ceinturé, jeté au sol, coudes dans le dos, menottes, front plaqué sur le pavé.

— Il vient de le tuer, mon capitaine ?

Blaval fait signe que non. Et du doigt il montre le cadavre. Au niveau du cou, dans la blessure qui suinte, le sang caillé, et sur la joue ouverte, il y a des mouches. Des milliers de mouches vertes qui font silencieusement bombance.

CHAPITRE VI

Jeannin arrive au club en sifflotant. T.N.V. Tir National de Versailles, sur la nationale 10, à côté de l'Orangerie. C'est sa joie du samedi, la gâterie de la semaine. Il y vient toujours à dix heures cinq.

Jeannin se gare tout de suite à l'entrée. Parce que la dernière fois, il a été coincé tout un set. Le centre de tir jouxte le tennis club et les sportifs viennent toujours coller leur voiture en épi devant l'accès à la salle d'armes. Jeannin anathématise l'incivisme des tennismen versaillais, tourne écarlate en apercevant un bout de jupette blanche, manque interpeller la dame pour lui apprendre les règles essentielles du stationnement, que la liberté des uns... et puis il renonce, arrive en râlant au centre de tir.

— Bonjour, mon commandant. vous avez passé une bonne semaine ?

— Impec, mon petit Lucien ; impec. Et toi ? Du monde, ce matin ?

— Comme d'habitude, mon commandant. Les fanas mili du samedi. Vous avez une arme ?

— Non, mon petit vieux. J'ai rien pris ce matin. Mains vides, je suis venu ; comme disent nos amis corses : « avec ma bite et mon couteau ».

Sourire complaisant de Lucien, le gardien du temple, qui ramasse un trousseau de clés.

— Ben, on va aller à l'armurerie, mon commandant. Vous auriez envie de quoi, ce matin ?

— S'il te reste un Beretta.

— Lesquels ? Ceux des...

— Mais bien sûr, ceux des gendarmes. Qu'est-ce que tu imagines ? Tu vas pas me dire, tout de même, que tu ne les as toujours pas perçus, depuis le temps ? Ça doit bien faire six mois que toute la gendarmerie en est équipée.

— J'en ai un, mon commandant, j'en ai un. Je l'ai reçu la semaine dernière. Vous allez être le premier à l'essayer.

— La semaine dernière ! Eh bien ! sont pas pressés à l'approvisionnement ! Faudra que je leur en touche un mot, moi.

Jeannin ramasse un casque de protection et emboîte le pas du petit Lucien qui fait jouer les serrures d'une énorme armoire blindée. Des fusils-mitrailleurs rangés dans leurs encoches, une trentaine de revolvers, des caisses de cartouches, l'arsenal. L'armurier tire une boîte de métal noir.

— Regardez, mon commandant. Je vous avais pas menti. Il baigne encore dans sa graisse.

Jeannin plonge ses gros doigts dans la boîte, écarte soigneusement l'étui de cuir verni, rigide ; bonne odeur de tannerie. Avec d'infinies précautions, il ramasse le Beretta 9 millimètres, encore empaqueté dans son tissu de coton gris d'origine. Déplie, essuie, caresse amoureusement, palpe et soupèse l'arme.

— Un sacré bijou, mon petit Lucien. Léger, maniable. Quinze cartouches, un kilo soixante-cinq approvisionné, levier d'armement intégré, trois cent quarante-neuf mètre seconde. Et une puissance d'arrêt !... Vous paralyse un homme à cinquante mètres. Le type ne peut plus bouger, ténanisé. Une balle dans l'épaule et il ne bouge plus. Plaqué. Ah ! si j'avais eu ça...

— Tout de même, mon commandant, vous, vous n'étiez pas mal lotis nos plus. Le Mac 50 c'était quand même de la belle ouvrage.

— Ah ! ça, pour sûr, mon petit gars. Je me souviens qu'une fois, à Lille, j'avais fait un de ces cartons. C'était en hiver, si je ne me trompe. On avait monté une traque. Des saligauds qu'avaient enlevé un môme. Ils avaient une Volvo. Tu vois ce que c'est, une Volvo ?

— Evidemment, mon commandant.

— Tu imagines l'épaisseur de la carosserie ? Pas ? Eh bien, avec un Mac 50, à l'époque, j'avais percé la tôle. J'étais derrière eux, dans une côte. Soixante, soixante-dix mètres, tu vois.

Sifflement admiratif du petit Lucien.

— Ça t'épate, ça, hein ? Eh bien, tu pourras vérifier, si tu ne me crois pas. Je suis donc à soixante-dix mètres en arrière. Je dégaine, j'ajuste. Paf ! La balle est rentrée dans le coffre, traverse la banquette arrière, tue sur le coup un des truands. Et tu sais où elle est venue finir, ma balle ? Dans le siège conducteur. Le type au volant n'est pas mort. Non, blessé, seulement. Maintenant, il est dans une chaise roulante. Alors, tu vois, si j'avais eu un Beretta...

Lucien attend la suite de l'histoire bouche ouverte. Mais Jeannin a fini. Il a fait volte-face sans rien dire et se dirige lentement vers le stand numéro trois. Il est courbé, tête rentrée dans les épaules, vieux bonhomme qui regrette le bon temps.

— Combien de cartouches, mon commandant ?

— Le maximum.

*
* *

Depuis jeudi, elle gamberge. La visite du vieux, Véronique ça la travaille. Ces questions insistantes, cette façon qu'il a eu de la suivre, d'aller la cueillir à la sortie de la bijouterie, comme s'il l'espionnait. Pour sûr, elle n'a guère apprécié.

Deux nuits qu'elle dort mal, qu'elle fait des cauchemars. Et ce rêve, hier. Une sale histoire. Véronique n'arrête pas d'y penser : elle courait sur une voie ferrée poursuivie par un train qu'elle entendait se rapprocher derrière elle, un gros train rouge avec une cheminée de bateau. Dans son rêve, elle sentait l'haleine de la locomotive sur sa nuque, et quand elle s'est retournée, elle a vu Sophie toute nue, avec un corbeau sur une épaule. L'oiseau s'agrippait avec ses serres et labourait les seins de la jeune fille, mais Sophie riait aux larmes, comme si la blessure lui était agréable. Puis, brusquement, elle se retrouvait perchée sur un rocher. Elle ne riait plus. Elle avait de grandes ailes noires et une queue de corbeau et demandait à Véronique des nouvelles de Jean-Luc. L'écho reprenait : « Jean-Luc, Jean-Luc ». Des cris perçants, insupportables. Véronique s'était réveillée.

A force de ressasser son cauchemar depuis

ce matin, Véronique a décidé d'aller voir Jean-Luc. Elle ira pendant la pause repas.

— Madame d'Arcole, je peux vous voir un moment ?

La propriétaire de la bijouterie n'a pas levé les yeux de son livre de comptes.

— Bien sûr, mon petit. Qu'est-ce qui ne va pas ?

— Je dois aller chez le médecin, madame, tout à l'heure. Je me suis débrouillée pour prendre mon rendez-vous pendant la pause-repas... Bon voilà, quoi. Je voulais vous avertir, des fois que le médecin soit en retard...

— Pas plus d'une heure, mon petit. Vous savez bien que le samedi c'est impossible.

— Oh, merci, madame.

— Rien de grave ?

— Non, non, madame.

Vieille conne, se dit Véronique. Lui fera la peau un de ces jours. Contraire aux conventions collectives. Mon heure, j'y ai le droit tous les jours. Je la prends si je veux, quand je veux.

— Véronique. Vous vous occupez de madame. C'est pour un bracelet or.

— Bien sûr, madame d'Arcole. Tout de suite, madame d'Arcole.

Véronique sort de la joaillerie avec un quart d'heure de retard. Le père d'Arcole, vieux saligaud, qui l'a coincée dans l'arrière-boutique, frotti-frotta, ventre en avant, pour lui montrer le carnet de commandes de l'après-midi. Elle marche en courant, tord ses talons sur les pavés, saute dans sa voiture. Elle n'est pas sûre de l'adresse, et en plus, Jean-Luc a peut-être déménagé. Véronique n'a pas pu l'appeler ce matin de la bijouterie. Interdiction au personnel de téléphoner. C'est marqué en toutes lettres sur un petit bout de carton immémorial. Sophie prétendait que c'était Mme d'Arcole, elle-même qui l'avait écrit.

Rocquencourt est désert à cette heure-ci. Les gens déjeunent ou sont à Parly 2. Véronique n'a aucune peine à trouver à se garer. Avant de descendre de voiture, elle se refait une beauté dans le rétroviseur. Un coup sur les cheveux, un doigt de rouge à lèvres (interdit chez les d'Arcole, bien penser à l'enlever). Véronique hésite un instant à se faire les yeux mais finit par sortir son tube de rimmel, le secoue, passe le petit pinceau sur sa langue, écarquille les paupières devant le miroir de fortune et, brusquement, suspend son geste. Dans le rétroviseur, elle vient d'apercevoir un gendarme. Il fait les cent pas devant la porte cochère de chez Jean-Luc et tourne méthodiquement la tête, droite, gauche, rien à signaler. Véronique remet le contact, se ravise, balance, hoche la tête. Et démarre brusquement en faisant craquer les vitesses.

*
* *

« Procès verbal du meurtre de Jean-Luc Desfossés. Date du décès inconnue. Découverte du corps par la section de recherches de Versailles, le samedi 13 mai 1989 à dix heures quinze. Meurtre effectué au moyen d'un objet très coupant de type rasoir dit « coupe-choux ». Nombreuses blessures à la gorge, à la nuque et au visage (voir relevé description de pré-autopsie ci-jointe). Identification facile de la victime. Portait tous ses papiers sur lui.

Etat des effets retrouvés dans ses poches : un permis de conduire, un passeport, une carte de membre du tennis-club du Jardy, une photo de femme (type photomaton, noir et blanc, déchirée et recollée avec du ruban adhésif, aucune indication de nom, ni de photographe), un briquet usagé, couvert d'un logotype illisible (objet remis au service d'identification de Rosny-sous-Bois), trente francs en pièces de monnaie et huit cents francs en billets de cent. Vêtements de prêt-à-porter sans indication de provenance (chemise Lacoste, jean Levi's, veste sans marque). Corps remis à l'institut médico-légal de Versailles. »

Blaval pose le rapport sur son bureau. Hèle son adjoint :

— Delage ?

Delage débarque dans son bureau, visage poupin, toujours inquiet.

— Oui, mon capitaine.

— Très bien, votre rapport. Vous l'avez envoyé au proc ?

— Il est parti par motard depuis une demi-heure, mon capitaine.

— Le dénommé Mehdi n'a toujours rien dit ?

— Non, mon capitaine, il s'en tient aux déclarations qu'il vous a faites. La perquisition chez lui n'est toujours pas finie. Mais pour l'instant ça ne donne rien.

— Je suis sûr qu'il dit la vérité, ce pauvre type. N'a rien à voir avec l'affaire de Rocquecourt. Ça m'a tout l'air d'un pur hasard qu'il soit tombé sur le corps. Bon. On verra. Les autres affaires, on en est où ? Compiègne ?

— Rien non plus, mon capitaine. Ils interrogent le vieux jardinier.

— O.K., vous restez en contact. Vous leur dites que je passerai y faire un tour après l'autopsie.

— D'accord, mon capitaine.

— Je reviendrai ici, aussi, vers dix-onze heures, ce soir. Vous serez encore là ?

— Bien sûr, mon capitaine. Avec le cambriolage de Sartrouville...

— Tiens, au fait, j'ai reçu un appel d'un

magistrat à la retraite. Il y a eu une vingtaine de casses dans les appartements de sa résidence. Il voudrait qu'on fasse une petite surveillance discrète. Vous vous en occupez, j'ai tout marqué. Bon, je crois que c'est tout. Vous appellez l'institut médico-légal pour leur dire que j'arrive. O.K., à tout à l'heure.

Blaval ramasse son holster sur le portemanteau. Il sort toujours avec son arme depuis qu'un type a essayé de le flinguer en plein Versailles, un jour de marché. Enfile son blouson de cuir, passe un bandana. Tenue civile. C'est comme cela qu'il travaille.

— Dernière chose, Delage...

— Oui, mon capitaine ?

— A quelle heure avez-vous envoyé les mouches au docteur Jarry ?

— Vers midi, mon capitaine. Il a dit qu'il passerait jeter un coup d'œil lui-même à Rocquencourt.

— Bon, vous l'appelez. Vous lui transmettez mes excuses de ne pas avoir pu le faire moi-même. Et vous lui demandez quand je peux passer. S'il a déjà les résultats, vous lui dites que je le réveillerai vers minuit, une heure. Sinon, j'attends qu'il me convoque. Vous insistez. Il est plutôt lent à la détente.

*
* *

S'il ne connaissait pas la salle d'autopsie,

Blaval pourrait se guider à l'odeur. C'est un mélange de formol, de merde et de sang qui vous prend au ventre sitôt passée la porte de service des petites urgences. Interdit à toute personne étrangère au service. La porte à deux battants claque à toute volée dans le dos de Blaval. Un long couloir, une lumière jaune sale et une porte entrouverte qui jette un rai pointu sur le mur de droite : Institut médico-légal.

Blaval entre sans frapper, se dirige vers la salle d'autopsie. Les collègues sont en train de plaisanter sur le cadavre. En les rejoignant, Blaval repense à cette phrase que répétait toujours le capitaine d'instruction-commando à Saint-Cyr : « Il est des morts qu'il faut qu'on tue, comme disait Fernand Desnoyers. » Blaval ne sait toujours pas qui est ce Desnoyers, mais le vers, il s'en souvient ; il le garde toujours au chaud pour l'occasion. Et là, il sait qu'il va falloir une fois de plus apprivoiser la hantise, la phobie qu'il a toujours eue des cadavres.

— Salut, les gars. C'est notre macchab' qui vous fait rire ?

Les gendarmes lèvent des visages encore barrés d'un bon sourire.

— Non, mon capitaine, c'était Rousseau. Il racontait la blague du type qui est surpris à la morgue en train de...

— Ah oui... « je croyais que c'était une Anglaise ». Elle est vieille, celle-là, les gars. Faudrait voir à renouveler le répertoire... Dites, le médecin est là ?

— Il est parti dîner, mon capitaine. Il a dit qu'on l'apelle dès que vous seriez revenu.

— Ça y est, mon capitaine, proclame fièrement Rousseau qui s'était eclipsé dans la salle voisine. Je viens de l'appeler. Il arrive.

— O.K., parfait. On l'attend. Vous avez eu le temps de dîner, vous ?

— Non, mon capitaine.

— Après l'autopsie, je vous emmène bouffer un petit quelque chose, ça vous dit ?

Gueule au large de tous les gendarmes. Courant de chaleur, de sympathie. Blaval s'appuie au mur, face au cadavre nu sur son drap blanc. Il regarde les blessures, les joues ouvertes comme des fruits pelés. Et les dents, aussi, bien alignées, comme à plat, comme un dentier qu'on aurait posé sur une assiette de tripes. Blaval sort de sa contemplation songeuse.

— J'ai eu du nouveau sur notre ami, annonce-t-il haut et clair. Il s'appelle Jean-Luc Desfossés...

Attente des gendarmes, souffles suspendus, croquenots qui raclent d'impatience sur le carrelage blanc.

— ... Outre les papiers d'identité qui ont permis de l'identifier, la victime portait une carte de membre du club de Jardy. J'aimerais bien que vous alliez faire un peu de tennis demain. Rousseau, Delage, ça vous dit ?

— Sûr, mon capitaine, rosissent d'aise les deux.

Elus parmi les élus. Mission de confiance.

— Y en a aussi pour les autres, vous inquiétez pas, continue Blaval. Sur la victime on a retrouvé un briquet blanc. Il y avait une inscription dessus. Tout effacée. Mais on dirait des armes ou un écusson, quelque chose dans le genre. On l'a envoyé à Rosny. Faut me suivre ça de très près. Et puis, il y avait aussi une photo de femme déchirée et rescotchée. Rien pas une indication. Je compte sur vous pour gratter là dessous... Ah ! dernière chose...

— Me voilà, messieurs. Je ne vous ai pas trop fait attendre ?

Le docteur Grataloup entre en enfilant une blouse blanche. Excuses, remerciements, mondanités.

— Bon, voyons notre petit bonhomme. Pas beau à voir, hein, capitaine. Bon Dieu, ils n'ont pas changé la cuvette. Ça vous dérangerait de me passer un seau ? Là, derrière vous. Merci.

Le médecin tire soigneusement le premier seau de dessous la table d'intervention, rempli de sang à ras bord, le passe à un gendarme.

Replace le deuxième seau. Tout cela très lentement, en surveillant qu'aucune goutte ne déborde.

Puis il ouvre une trousse verte remplie de bistouris et de ciseaux. Se saisit d'une lame et colle son nez aux blessures de rasoir.

— Oui, ça c'est un rasoir. C'est sûr. Avec une ébréchure sur la lame. Regardez les coupures.

Grataloup soulève délicatement une des lèvres de la blessure, rabat un morceau de joue sur la peau à vif.

— Tenez, regardez, là... Vous voyez la petite traînée sur l'épiderme... Passez-moi du coton, voulez-vous... Derrière vous.

Delage qui s'est d'émotion auto-promu infirmière saisit le paquet demandé.

— Un peu d'alcool aussi... Tenez, regardez-moi ça, c'est très net. Je nettoie, là... Voilà, parfait. Propre comme un sou neuf... Venez voir, mon capitaine. L'épiderme est écorché sur tout le long de la blessure. Approchez-vous, vous êtes trop loin.

— Intéressant, répond Blaval.

Mais depuis cinq minutes, il se répète la phrase : « Il est des morts qu'il faut qu'on tue... »

*
* *

Ce matin, Jeannin s'est levé bien tôt ; il se

lève toujours tôt le dimanche. Il a pu travailler, comme ça. Peaufiner sa monographie de la vie versaillaise. Il y travaille en secret depuis deux ans. Fait ses recherches en bibliothèques, rencontre des universitaires et accumule les notes sur des petits calepins qu'il a gardés du temps où il était d'active à la gendarmerie. Tout un stock de carnets, rangés en piles parfaites dans une petite armoire à confiture. Il ne les a pas volés. Non, Jeannin, ce n'est pas le genre à détourner le bien national. Il les a rognés sur ses propres stocks, économisant sur ceux que lui distribuait bis-annuellement le fourrier, écrivant toujours au crayon à papier, puis gommant. Il a passé sa carrière à effacer ce qu'il avait écrit et il le regrette un peu, maintenant. Plus aucun souvenir. Mais, bon, il a le stock de carnets. C'est déjà ça.

Il est huit heures moins cinq. Jeannin a bien travaillé. Et maintenant, lavé, rasé, habillé de frais,il fait les cent pas dans son petit bureau. A huit heures précises, il appellera Blaval. Il est arrivé à lui extorquer son numéro de téléphone personnel avant-hier, au mess. Et maintenant qu'il l'a, forcément, il va s'en servir. D'ailleurs, la révélation que mitonne Jeannin pourrait être bien utile à Blaval. Les petits travaux sur la monographie de Versailles lui ont remis en tête un détail. De quoi faire avancer l'enquête. Mais, n'est-ce pas, un dimanche, il y a tout de même des heures indues.

A huit heures pétantes, il décroche son téléphone. Tombe sur Mme Blaval, que visiblement il réveille. Son mari est parti faire un jogging, comme tous les matins. Ne devrait pas tarder à rentrer. Mais je vous en prie, monsieur. Au revoir, monsieur.

Huit heures et quart, Jeannin n'y tient plus.

— Allô, Blaval ?

— Jeannin ? C'est vous qui avez téléphoné tout à l'heure ?

— Oui. Quelque chose d'important. Je repensais, pour Tachery... Vous saviez qu'il faisait partie des Banquets Hoche ?

— Qu'est-ce que c'est ?

— Tout d'un coup, je me suis dit que ça pourrait vous aider. Tachery y tenait beaucoup. Il nous en avait parlé. Son arrière-grand-père avait été un des fondateurs des Banquets. M'étonnerait pas qu'en fouinant là-dedans vous retrouviez sa trace...

— Je vous demande pardon, mon commandant, mais si vous pouviez me briefer. Je n'ai jamais entendu parler de ces Banquets Hoche. Quelque chose à voir avec le lycée ?

— Pas du tout. Il s'agit d'une association républicaine qui se tient tous les 24 juin (le jour de la naissance de Hoche) depuis... attendez que je retrouve... Depuis 1868. Or, je sais que Tachery n'a jamais manqué une séance. Il m'avait raconté que, petit garçon, son père l'y traînait déjà...

— Et vous pensez qu'il ira le 24 juin ?

— Ma foi, aussi bizarre que ça puisse paraître, ça ne m'étonnerait pas. Après tout, les autres membres de l'association ne sont pas censés être au courant de l'affaire.

— Mais ce serait de la folie, mon commandant !

— Allez savoir. Vous savez, Tachery est un type bizarre...

— Eh bien, j'en accepte l'augure. Mes hommes bloqueront les sorties. 24 juin, dites-vous ? Je note ça tout de suite. Vous me rendez encore un fameux service, mon commandant. Entre votre fiche de renseignements et ce tuyau, on peut dire que l'affaire Tachery, vous vous en serez occupé de bout en bout.

— Laissez, capitaine, c'est bien normal.

— Moi, j'ai été moins efficace que vous. Vous savez, ce que vous m'avez demandé vendredi... Je n'ai pas eu le temps encore. On a eu un tas d'affaires qui nous sont tombées dessus. Un meurtre. Je vous raconterai demain. D'ici là j'aurai bien dégoté un petit quelque chose sur les membres de votre club.

CHAPITRE VII

Le docteur Thomassin est entomologiste. Entomologiste légiste. Quatorze ans d'études et un doctorat de thèse d'Etat sur *La ponte de la calliphore vomitoire en milieu hostile*. Un spécialiste des mouches. Il n'a pas la dégaine d'un savant ; ni blouse, ni lunettes. Il est relativement beau, allure sportive, jeune. L'âge de Blaval. Ils se sont connus à l'école primaire et se retrouvent de loin en loin sur des enquêtes. De l'enfance et des préaux, ils ont gardé l'habitude de s'appeler virilement par leur unique nom de famille.

— Salut, Blaval, je t'attendais.

— Salut, Thomassin. Tu m'excuseras mais j'ai été retenu au téléphone.

Blaval est venu directement après l'appel de Jeannin. Il a poussé sa petite 205 rouge pour arriver dans les temps. Mais à Versailles, dès le dimanche matin, les feux de signalisation se bloquent des heures, comme si un obscur planificateur électronique voulait d'avance réguler les files de promeneurs qui viendront défiler l'après-midi. Bref, Blaval a été coincé à tous les feux. Et ce n'est pas un gendarme qui irait donner le mauvais exemple !

— Tu as du nouveau, pour mon cadavre ?

— Qu'est-ce que tu appelles du nouveau ?

Blaval pousse un soupir faussement agacé. Il connaît son homme. Sa manie de distiller l'information. D'attendre pour dire le principal.

— Faut toujours que tu fasses ta coquette, Thomassin !

Rire de Thomassin.

— Déjà à l'école, tu nous faisait le même cirque ! Allez, accouche. Tu sais bien pourquoi je suis là.

— Tu voudrais peut-être connaître la date du meurtre ? sourit Thomassin.

— Allez, accouche, quoi !

— Bon, si c'est ce que tu veux. Ça, c'est facilc. Vous l'avez trouvé quand ?

— Samedi à 10 heures quinze.

— Eh bien, il a été tué la veille, entre 19 h 05 et 19 h 10. Personnellement, je pencherais plutôt pour 19 h 10. Vendredi 12 mai, 19 h 10.

— Comment t'as trouvé ça ? s'épate Blaval.

— Ecoute, vieux, c'est simple. Tu connais

ma méthode. Je suis passé un peu après l'appel d'un de tes gars. J'ai touillé la terre alentour. Et puis, j'ai fait un détour par la morgue. Ta victime avait les paupières bourrées d'œufs. Si vous aviez traîné encore un peu avant d'intervenir, j'aurais trouvé une fourrière d'asticots.

— Je sais, j'ai vu les mouches. Mais tout de même, en une nuit, ce n'est pas...

— Là, je te vois venir, Blaval. Tu veux que je te fasse le cours sur les mouches. Tu me charries. C'est comme le type à qui on laisse raconter une blague pour lui lâcher à la fin qu'on la connaissait déjà. Tu me fais le coup chaque fois. Je te connais, maintenant.

— Allez, déconne pas. Raconte.

— Bon, mais je te jure que si tu... oh et puis je m'en fous. Voilà. Il s'agissait de calliphores. Tu sais que j'ai fait ma thèse sur les calliphores des vomitoires. C'est le nom qu'on donne aux mouches qui... Mais je t'ai déjà raconté...

— Oh ! ça suffit, bon Dieu.

— Bon... Les femelles de mouches (enfin plus précisément des calliphores et des muscines) sont attirées par l'odeur des cadavres. L'odeur toute fraîche des cadavres ; dans les minutes qui suivent la mort, le corps commence à se décomposer ; les tissus dégagent des gaz, des odeurs que les humains sont bien incapables de sentir mais que les femelles flairent immédiatement à des kilomètres pour venir y pondre leurs œufs.

— Combien de temps pour repérer le cadavre ?

— Ça dépend. Parfois quatre, cinq minutes...

— Dis, Thomassin, c'est possible qu'elles mettent moins de temps ?

— Non. Quatre minutes minimum. Jamais moins. Pourquoi ?

— Parce que tu viens de sauver un pauvre type qui nous a menés à notre cadavre sans le savoir.

— Vous le suiviez de très près ?

— On l'a coincé moins d'une minute après.

— Alors je suis formel !

— Excuse-moi, je t'ai interrompu. Tu me racontais... les vomitoires.

— Oui... Les vomitoires. Eh bien, les femelles qui sont venues pondre sur ton cadavre... comment s'appelait-il au fait, ce type ? J'aime pas trop parler de ton cadavre, Blaval.

— Jean-Luc. Jean-Luc Desfossés.

— Donc, les mouches qui sont venues pondre sur M. Desfossés appartiennent à une espèce cousine des calliphores des vomitoires. Une sorte de race de mutants qui s'est adaptée à Versailles. D'ailleurs, c'est le seul endroit où on les trouve. C'est moi qui ai établi leur carte d'identité génétique. Je les ai appelées calliphores des pissotières.

Blaval rigole.

— Tu vois, tu te fous de moi...

— Mais non, vieux. Continue...

— L'œuf de la calliphore des pissotières a un temps d'incubation de dix-sept heures dans un milieu à 22 °C avec une hygrométrie de 50 %. J'ai demandé un relevé météo des températures à Versailles. Or, dans la nuit du 12 au 13 mai, la température était de 17 °C entre dix-neuf heures et vingt heures vingt, et de 16,5 °C de vingt heures à... attends, je vais te chercher mon relevé... Pourquoi tu ris ?...

Blaval ne peut plus contenir son fou rire, éclate bruyamment. Essaie de répondre, repart de plus belle.

— Pourquoi tu ris, Blaval ?

— Tes mouches... Tu m'avais... Tu me l'a racontée au moins cinquante fois.

— Tiens, mon salaud !

Thomassin a réagi au quart de tour. Il cueille Blaval d'une énorme bourrade sur l'épaule et le roue de coups de poing.

— Saligaud, j'en étais sûr !

Fou rire, bouffées d'enfance, relents de dortoirs.

— Dis, Thomassin, tu nous ferais pas un café ?

*
* *

Jeannin tourne en rond. Il voudrait bien continuer sa petite enquête, mais se retrouve sec. Et un dimanche matin, il n'apprécie guère. Toute une journée à tuer. Il reprend sa demi-feuille et relit à haute voix :

— - Antoinc, Victor .

Ceux-là, leur compte est réglé. Vivent ensemble à tous les coups. Jeannin ajoute dans la marge : *Les tester à la réunion du mardi.*

— - Paul-Louis, retraité . Rien.

— - Nivôse, journaliste. Téléphone à vérifier .

Jeannin souligne « à vérifier » de deux traits rouges.

— - Georges, employé municipal. Vérifier à la mairie .

Impossible, un dimanche matin. *A voir dès le début de la semaine*, ajoute Jeannin. Et il décroche son téléphone. Mais le numéro supposé de Nivôse sonne dans le vide et Jeannin se remet à tourner en rond. N'en finira donc jamais de cette enquête. S'obstiner, Jeannin. Recommencer.

— Allô ?

La voix a bien l'air d'être celle de Nivôse. Mais d'un Nivôse qu'on réveille. Avec le timbre des lendemains de cuite. Jeannin se dit qu'il a son chic pour réveiller les gens, qu'il ferait mieux de raccrocher. Et puis non ! Un dimanche à tuer.

— Nivôse ?

— Qui c'est ?

— Jeannin ; commandant Jeannin. Je vous dérange ?

— Pas du tout commandant, répond l'autre, englué de sommeil, hésitant, butant sur les mots. Ça me fait même drôlement plaisir. Une petite détente. J'étais en train de travailler.

— Ah oui ?

— Je vous avais pas dit ? Aux *Nouvelles de Versailles*, ils continuent à me demander des papiers.

— Mais je croyais que vous aviez arrêté. J'ai appelé...

— Pensez. Un journaliste, ça reste toujours sur le gril. Et puis, qu'est-ce que vous voulez, les jeunes, c'est plus pareil. Alors, de temps en temps, ils sonnent la vieille garde. C'est le troisième papier qu'ils me demandent depuis le début de la semaine. Là je fais du treize feuillets. A remettre tout à l'heure.

— Mais vous signez de votre nom ? demande Jeannin, finaud, flairant le patronyme derrière le mythomane.

Il en frétille, le commandant à la retraite, il en reprend de l'active. L'idée d'acculer ce vieux menteur à donner son nom réveille chez

Jeannin le petit frisson de l'interrogatoire. Tout prêt à écrire, il tortille un crayon papier entre ses gros doigts.

— Vous signez de votre nom ?

— Je signe, je signe pas. Ça dépend. Je fais les papiers du rédac'chef. Pour lui rendre service. Là, les treize feuillets, c'est pour *Le Monde*. Ils m'ont supplié de leur faire un gros édito. Je pouvais pas les laisser dans l'embarras.

— Ah... d'accord... Dites, vous êtes pris pour déjeuner ?

— Je suis désolé, commandant. Mais là, faut vraiment que je finisse. Et puis je dois faire une interview tout à l'heure. Alors vous comprenez... Vous m'en voulez pas, commandant ? De toute façon, on se voit mardi.

— On se voit mardi, aboie Jeannin.

Puis raccroche sans autre forme de procès.

*
* *

— Mais qu'est ce que c'est, ce perroquet, bordel ?

— Mon capitaine...

— L'autre jour, c'était le chien... Maintenant le perroquet... Je veux pas de ça ici, Delage.

Piteux, le gendarme bafouille, essaie de s'expliquer. Blaval le lui suggère, justement. L'invite à s'asseoir. Delage s'installe au bord du fauteuil des invités, tripote le bas de sa vareuse, pose des mains moites qu'il essuie discrètement sur les genoux tergal de sa tenue.

— Alors, il vient d'où, cet oiseau ?

— Ben, c'est le braqueur, mon capitaine. On est allé perquisitionner chez lui hier...

— Oui, je sais, merci.

— Sa femme n'était déjà plus là. Vous savez, celle qui tient par des écrous. Et il y avait le perroquet, quoi. La concierge nous a dit.

— Mais vous rigolez ou quoi ? C'est du vol, Delage. Ni plus, ni moins. Vous allez me rapporter cet animal tout de suite.

— C'est ce que je comptais faire, mon capitaine. Mais je m'étais dit, comme ça, en attendant que la dame revienne de l'hôpital... Et puis ce Mehdi, il va partir en prison...

— Ecoutez, Delage. Je vais vous raconter une histoire et vous allez comprendre le problème. Quand j'étais à la S.R. de Lyon j'avais hérité d'un chien, aussi. On avait pincé un type qui avait assassiné sa femme. Vous vous souvenez peut-être de cette histoire. La presse en avait beaucoup parlé...

— Le grossiste en vin ?

— Non. Ça c'était bien après. J'étais parti depuis au moins trois ans. Non... mon assassin, c'était un brave type. Pendant des années, il avait tout supporté de sa femme. Elle ramenait des dizaines d'amants chez eux. Et il acceptait, stoïque, sans rien dire, prenait le canapé du salon en attendant que ça se passe. Et puis, un jour, il la voit qui fait sa valise. Elle lui annonce qu'elle part. Il la tue. Le drôle, si j'ose dire, c'était la réaction des gens. Quand on est venu interpeller l'assassin, tout le quartier s'était groupé en bas de chez lui. On l'acclamait. On le félicitait. Les voisins se bousculaient pour lui serrer la main. Il était devenu un héros et tout le monde le remerciait d'avoir tué sa femme. Elle devait vraiment être odieuse...

— Et vous l'aviez pincé tout de suite ?

— Pensez donc. L'affaire a traîné au moins trois semaines. Dès le début, on avait deviné que c'était lui. Mais il fallait recueillir les preuves, reconstituer l'histoire. Quand on a été sûr, on est venu l'arrêter. Il a d'abord nié. Et puis, vous savez ce que c'est, n'est-ce pas... L'interrogatoire, la fin de la nuit, la complicité qui se crée entre l'enquêteur et le coupable... Bref, il a fini par avouer. Il était soulagé, comme débarrassé d'un poids. Enfin, je ne vous apprends rien, c'est toujours la même chose... »

— Oui, mais... Vous me parliez d'un chien...

— J'y viens, Delage. J'y viens... Donc,

notre homme avoue. Nous finissons la nuit à discuter de choses et d'autres autour d'un verre. Et puis, voilà qu'il me prend à part. Yeux dans les yeux. Il a un chien, il a peur qu'on le pique. Il me demande de le garder. Moi, les animaux, pourquoi pas... J'accepte. Je me dis que ce sera la mascote de la S.R. En plus, c'était un chien policier. Que n'avais-je refusé !

— Mais pourquoi, mon capitaine ?

— Parce que chaque don fait à la gendarmerie doit être accepté par la direction générale. Ils font une enquête pour savoir si l'honorabilité du donneur est reconnue. Evidemment, dans ce cas précis...

— Alors, ils ont refusé ?

— J'avais joint à la demande une lettre de mon criminel attestant qu'il nous faisait cadeau du chien. Mais qu'est-ce que ça vaut, une lettre d'assassin enfermé dans sa prison ? Donc, ils ont refusé. Et le chien a été piqué. Moi, depuis, les animaux, bernique. Alors, vous me faites le plaisir de rendre le perroquet. O.K. ? »

— Bien reçu, mon capitaine... Dites, là, je peux y aller ? Parce que j'avais promis à ma femme que je passerais le dimanche avec elle. Et il est déjà dix heures du soir.

— Bien sûr, Delage, filez. Pourquoi vous ne me l'avez pas dit plus tôt ?

Delage retourne dans son petit bureau d'adjoint, à côté de celui du capitaine. Au moment où il ferme sa porte, Blaval le rappelle :

— Excusez-moi, Delage. Dernière chose. Qu'est-ce que c'est que cette histoire de pylône hertzien ? J'ai vu votre mot, sur mon bureau…

— Ah oui, mon capitaine. C'est moi qui m'excuse. Mais entre toutes ces affaires, j'ai complètement oublié de vous rendre compte. Remarquez, je ne crois pas que ce soit de la première urgence. Vous savez, on avait reçu une circulaire. Fallait photographier tous les relais hertziens de notre région. Il y en a un dans le bois du Pont Colbert. C'est pas la forêt vierge là-bas…

— Je ne vous le fais pas dire.

— En prenant les photos du pylône, on a vu rappliquer une fille bizarre. On se demandait ce qu'elle faisait là…

— Prostitution ?

— Pas du tout, pensez ! Elle vit dans une vieille gare désaffectée. Elle est installée là avec toute sa famille.

— Et où est le problème ?

— Ben, mon capitaine, c'est simple. Ils sont une vingtaine. Et, visiblement, ils sont tous maris, femmes, père, fille de l'un ou de l'autre. Ils ont dû se reproduire entre eux depuis des années. Et on ne les avait jamais repérés.

— Ça c'est invraisemblable. De l'inceste médiéval aux portes de Versailles. Vous savez ce que ça me rappelle ?... Oh, vieux, excusez-moi. Filez chez vous. Je vous raconterai une autre fois. Moi aussi, je file. Ma femme doit déjà dormir. A demain, Delage. Venez tôt. Il y a du pain sur la planche.

*

* *

— Tu dors, Eliane ?

Bien sûr, elle ne dort pas. Elle est couchée comme une bûche dans le lit jumeau du sien, yeux grands ouverts à fixer une fissure imaginaire du plafond. On n'entend que sa respiration, le souffle calme et rauque des comateux profonds.

— Je voulais juste te dire, Eliane... Demain, je vais aller voir M. d'Arcole. Tu sais, le bijoutier... Là où travaillait...

Il s'est assis dans son lit et il regarde sa femme. Un légume, une grabataire. Et lui qui doit subir, attendre, espérer. Dans ses poings serrés, il tord le vieux drap de coton avec leurs initiales enlacées. Il s'imagine en train de l'étouffer sous le traversin. Ce serait tout simple, silencieux, elle ne pousserait même pas un cri, rien. Ce serait fini. Et puis, il se tuerait. Le gaz, peut-être. Ou alors, le 16 heures 32.

Comme Sophie. C'est ça. Le 16 heures 32. La venger, retrouver le « corbeau ». Et se jeter sous un train.

*

* *

Comme chaque lundi matin, en ouvrant la porte de son réfrigérateur, le commandant Jeannin découvre avec terreur qu'il a lappé hier soir la dernière goutte de lait frais qui lui restait. Comme chaque lundi matin, le commandant Jeannin est donc d'une humeur massacrante.

Il avait prévu de consacrer la journée d'hier à sa petite enquête. Il avait tracé ses plans, découpé sa journée, ficelé son emploi du temps. Au lieu de quoi, débouté dès le lever par l'insupportable Nivôse (comme s'il faisait encore des articles, ce vieux con !), Jeannin a passé son dimanche à errer sans but dans Versailles. Il a tenté de s'y perdre. Et, évidemment, il n'y est pas arrivé. Dans cette ville où toutes les rues semblent dessinées pour conduire au Château, Jeannin a même réussi à se retrouver mêlé par quatre fois à la foule des promeneurs du Palais. Et par quatre fois, il a rageusement joué des coudes pour s'en échapper. Aujourd'hui, il est fatigué, il a mal au pied, il ronchonne tout seul.

Va régler une bonne fois pour toutes cette foutue enquête qui commence à durer, bon

Dieu. Nivôse, d'abord. Coup de téléphone. Jeannin convoque le plumitif à 19 heures précises au Bar de la Gare.

— Attention, Nivôse, Gare rive Gauche.

— Gare rive Gauche, d'accord. Mais... c'est que j'avais un article, commandant.

— Rien à faire, mon vieux. Vous vous débrouillez. Je dois vous entretenir d'une affaire de la plus haute importance.

— Alors, dans ce cas...

— 19 heures précises.

Jeannin raccroche péremptoire, sourire aux lèvres. De l'autorité. C'est la seule façon. Ne comprennent que ça. Au tour de Georges, maintenant. Et que ça saute.

— Mairie de Versailles ? Bonjour, ici le commandant Jeannin, Gendarmerie Nationale. Affaire urgente. Vous pouvez me passer un supérieur ?

Attente, bruits de discussion masquée, musiquette, ne quittez pas, musique encore.

— Allô ?

La voix est chaude, douce, calme. Une femme, Jeannin se fait tout miel.

— Bonjour madame, ici le commandant Jeannin. Je cherche la trace de quelqu'un et j'ai besoin de vos services.

— Mais si je peux vous être utile, commandant. Commandant... ?

— Jeannin.

— De la Gendarmerie Nationale, c'est cela ?

Tout commandant qu'il est, notre retraité n'est plus d'active. Il hésite, se tâte, évalue le danger de la bourde et finit par répondre que oui, c'est cela même, de la Gendarmerie Nationale.

— Ne quittez pas, commandant. Je vous passe l'adjoint aux sports.

Musiquette. Et tout de suite une voix de vieillard, prêt à tout, jure-t-il, pour rendre service à la gendarmerie.

— Voilà, je vous explique. Je recherche quelqu'un qui a travaillé à l'Hôtel de Ville mais qui est parti à la retraite.

— Ah ? C'est une affaire grave ?

— Pas vraiment. Mais urgent.

— Très bien, mon commandant. Vous avez son nom ?

— C'est que... justement... je ne connais que son prénom.

— Ouh là ! Ça se corse. Et il s'appelle comment ?

— Georges.

— J'ai bien peur que ce soit un peu long, mon commandant. Il faut demander une recherche au Conseil Général. Et je doute que leurs services informatiques aient établi un classement par prénoms. Vous avez besoin du renseignement dans le mois qui vient ?

— Dans les heures qui viennent, répond sèchement Jeannin qui n'y croit déjà plus.

— Alors, c'est impossible. La recherche ne dépend pas de mon ressort. Le mieux pour vous, ce serait d'adresser une lettre, ou mieux, un télex... vous avez un télex ?

— Bien sûr, ment Jeannin.

— Très bien, vous adressez un télex de la Gendarmerie Nationale au Conseil Général et j'espère pour vous qu'ils vous donneront satisfaction le plus vite possible.

— Merci monsieur, raccroche Jeannin.

Et il se dit qu'il n'est pas près d'identifier Georges. Ou alors, en retrouvant les vieilles filières.

Il attend un grand moment avant de se décider à entrer. Il voit madame d'Arcole qui passe et repasse derrière la vitrine. A chaque fois, elle tourne son long cou pour glisser un regard dans l'avenue de Saint-Cloud. A chaque fois, il se recule dans son encoignure, comme un vieux poulpe sous son rocher.

Ce coup-ci, elle l'a vu. Il en est presque sûr. Le grand cou s'est figé un bout de seconde dans sa direction. Et là, il se décide. S'expulse de sa porte cochère. Et traverse l'avenue.

L'entrée de la bijouterie s'ouvre sur une stridulence feutrée censée décourager les velléités de cambrioles. Tout ce qu'il ne voulait pas, lui qui rêvait d'un arrive discrète fond de cour, arrière-boutique. Il se fige sur le paillasson, bécasson, s'obstine à essuyer ses pieds.

— Monsieur désire ?

Pataud, le monsieur répond que c'est personnel, qu'il aimerait bien voir monsieur d'Arcole. La vendeuse a l'air d'hésiter autant que lui, balance d'une jambe sur l'autre, répète bêtement :

— Monsieur d'Arcole ?

C'est madame qui rapplique. L'air furieux, décourageante. Toujours planté sur son paillasson, il la voit fondre sur lui. Il a juste le temps d'apercevoir Véronique qui passe une tête incrédule par l'entrebâillement de l'arrière-boutique.

— C'est à quel sujet ? postillonne glaciale la d'Arcole.

Lui n'ose plus rien dire, du coup. Hésite, s'embarrasse, se lance enfin, se présente, explique.

— Sophie ? Ça c'est la meilleure, monsieur. Vous me demandez des comptes sur Sophie ?

Interloquée la vieille. N'en a jamais entendu d'aussi cocasse. Appelle son mari à la rescousse. Le bijoutier, arrive semi pas de course. Au ton de sa bourgeoise, il a compris, question d'habitude, qu'il ne s'agissait pas de traîner. Ton rogue :

— Monsieur désire ?

— Ce qu'il veut ? s'étouffe madame d'Arcole. Je te le donne en mille... Tu te rappelles la petite grue que nous avons renvoyée en 1987 ?

Le bijoutier s'en souvient. Sophie ? Il n'a pas l'air d'oser y croire.

— Sophie, il répète.

— Tout juste, reprend la vieille en écho, à ce qu'on racontait, la reine du jambe-en-l'air. Oui. Tu t'en souviens, dis Maurice, de cette petite roulure. Tu t'en souviens, hein ?

D'Arcole fait oui, en mimant l'afflixion.

— Tu t'en souviens ? Eh bien, le monsieur que voici est le père de Sophie. Et il est là pour nous demander des comptes.

— Il est là pour nous... ? Allez foutez-moi le camp... Foutez-moi le camp tout de suite où j'appelle les gendarmes !

D'Arcole hausse la voix à chaque syllabe, s'entraîne lui-même à la colère. A la fin il gueule carrément :

— Des comptes ? Vous en voulez des comptes ? Je vais vous en montrer moi des comptes... Une maison si sérieuse... Si c'est pas une honte. Et ils ont le culot de revenir encore... Marie-Josée, Véronique, mettez moi ça dehors.

Les deux vendeuses hésitent un instant puis font mine d'avancer. Le père de Sophie sort précipitamment, tête entre les épaules. Il a bradé son honneur, vendu ses illusions. Il n'est plus rien qu'une pauvre chose, une veste râpée, un pantalon démodé, un vieillard à qui l'on ferait l'aumône. Il avance à l'aveugle, avenue de Saint-Cloud, se heurte aux passants, rebondit d'une épaule sur un dos. Un clochard.

A un moment, il manque tomber, se rattrape à un kiosque, s'agrippe à un tas de journaux, dégringole sous la pile. Le titre lui tombe sur l'œil : « Un jeune homme assassiné dans une villa de Rocquencourt. »

Et il a encore la force de lire le début de l'article : « Jean-Luc Desfossés, employé dans une agence de publicité, rentrait à son domicile vendredi soir... »

Après, il ne sait plus.

CHAPITRE VIII

— Les gars, je voudrais qu'on fasse un petit point sur l'affaire Jean-Luc Desfossés. Fitron, Paquot, quoi de neuf au club de tennis ?

Toute la S.R. est réunie, petit doigt sur la couture pour la conférence du lundi. Le chef Fitron se lève, très fier et commence son rapport :

— On est allés au haras de Jardy, hier, mon capitaine, en fin d'après-midi. Comme je vous l'ai déjà dit, on n'a rien trouvé. Mais rien de rien. Le jour était peut-être mal choisi... Pensez, un dimanche !... On a interrogé des Tarzan des week-ends au bord de l'élongation. On a couru avec les joggers. On a risqué la tendinite, frôlé l'insolation. On s'est déguisés, short blanc Lacoste. On a même ramassé des balles, mon capitaine. Vous vous rendez compte !

— Fitron, vous abrégez là, parce qu'on est à la bourre.

— Pardon, mon capitaine... Bref, chou blanc. Personne n'avait remarqué Jean-Luc Desfossés vendredi. Il est venu faire un tennis le matin du crime. Mais le portier ne se souvenait pas de l'avoir vu partir. On est arrivés à retrouver son partenaire. Il était parti plus tôt que Desfossés, sans prendre de douche. Résultat, il ne sait rien.

— Vous avez consigné tout ça ?

— Bien sûr, mon capitaine.

— Parfait, Beaugency, du nouveau sur les résultats de Rosny-sous-Bois ?

— Je viens de recevoir la note du labo, mon capitaine.

— Et alors ?

— Une petite piste, mais rien de palpitant. Les gars de Rosny ont passé le week-end à identifier le logotype du briquet. D'après eux, ce serait une pub pour le *Toboggan*, une boîte de nuit d'adolescents vers Marnes-la-Coquette.

— Ah, c'est pas mal, ça. C'est déjà quelque chose. Beaugency, vous avez envie d'aller en boîte ce soir ?

— Ben, mon capitaine...

— Très bien. Vous mettez une tenue bourgeoise et vous faites un tour là-bas. Je ne suis par persuadé qu'on en tirera quelque chose.

Mais comme on n'a rien à se mettre sous le dent... Et puis, au moins, vous vous amuserez.

— Merci, mon capitaine.

*
* *

Il est quatre heures quand il rentre chez lui. Eliane est installée à sa place habituelle, dos à la fenêtre, bol à la main. Les yeux fixés sur l'horloge arrêtée, elle ne remarque pas, bien sûr, qu'il est en nage, ni qu'il est essoufflé. Il a marché toute la journée, butant sur les caniveaux, se cognant aux portes. Il a erré comme un homme soûl, enivré de douleur et de rage, épuisé.

Comme il a les pieds en sang, la première chose qu'il fait en entrant dans la cuisine, c'est de dénouer les lacets de ses gros escarpins. Puis, il se traîne jusqu'à l'évier, tourne le robinet et lentement, très lentement, se masse le crâne sous un filet d'eau froide.

Après trois ou quatre minutes, il se redresse, visiblement calmé, s'essuie soigneusement le visage et les oreilles avec un torchon sale et s'asseoit, jambes écartées en face de sa femme. D'une voix hachée, et comme à regret, il commence à lui raconter le bijoutier, l'accueil glacial, les mots qui font mal, l'errance. Et enfin il s'interrompt, se relève, se traîne jusqu'à son lit. Etendu vautré tout habillé sur la couverture en crochet, il voudrait arriver à dormir, mais il a gardé les yeux ouverts.

Dans la petite chambre aux volets tirés, étouffé par la chaleur qui filtre des rideaux gris poussière, il écoute Eliane, le bruit d'Eliane. La cuiller qui tourne dans le bol, les petits lappements réguliers, l'eau qui goutte dans l'évier, et la toux, aussi, la petite toux grasse qu'elle étouffe dans un profond soupir rauque.

Avant de se laisser glisser dans un mauvais sommeil, il voit encore le couple d'Arcole. Les larmes brouillent sa mémoire et il imagine des figurations monstrueuses : monsieur avec les traits de madame, madame dans les habits de monsieur. Un corbeau qui croasse. Une petite fille qui l'appelle papa. Son corps lui fait mal, il se sent vieux, fatigué. Il n'a plus le courage de continuer. Plus le courage. Courage. Rage. Age. Il s'est endormi.

*
* *

Dix-neuf heures précises, *Café de la Gare*, Jeannin regarde sa montre. Il s'est attablé avec un demi en terrasse et il attend Nivôse. C'est comme un jour de plein été. Des platanes de l'avenue de Sceaux suinte une fine poussière jaune qui colore l'air de reflets dorés où les femmes se déplacent par transparence. Jeannin ne les voit pas. Il regarde sa montre. Dix-neuf heures une.

— Je suis en retard, mon général ?

Nivôse vient de lui donner une grande claque bruyante sur la nuque. Jeannin se lève d'un bond, offusqué, se ravise, désigne sévèrement une chaise au journaliste. L'autre remercie par une révérence et tente sans succès de s'asseoir.

— Vous êtes un sacré mec sympa, vous, mon général, postillonne Nivôse dans un remugle de rhum.

Jeannin a un haut-le-corps et se carre dents serrées dans sa chaise. Nivôse s'est agrippé à un accoudoir et maintient tout son corps dans un équilibre instable, balance son torse, bascule d'une jambe sur l'autre.

— Asseyez-vous, mon vieux. Vous me donnez le tournis.

— Ça, c'est gentil, mon amiral. Bien vrai, vous permettez ? Vous m'invitez, à votre table ?

Jeannin approuve d'un signe de tête agacé.

— Vrai ? Mais alors, c'est vous qui payez. Je suis raide comme un passe-lacet.

Nouvel assentiment, assorti d'un claquement de langue.

— Vous alors, on peut dire que vous êtes sympa, chef. Pas vrai, les gars ?

Nivôse a pris la terrasse à parti. Avec de larges moulinets, il convoque les passants en hurlant que le capitaine c'est son pote. Jeannin se lève et l'assoit de force.

— Vous avez bu, Nivôse.

Regard atterré du vieux journaliste qui, très clown Patate, a entrepris de mimer le gros chagrin.

— Moi ? Moi, j'ai bu ? sanglote-t-il. Et de quel droit, vous me dites ça ?

— Mais arrêtez de crier, bon Dieu ! Je ne suis pas sourd.

— Et moi, je suis pas soûl. Et puis, je crie si ça me plaît. Vous m'emmerdez à la fin, avec vos crises d'autorité. Quand on est potes comme nous, on se dit pas des choses comme ça. On se tient côte à côte, comme les deux doigts d'une main, comme deux crachats sur un mur.

Soupir de Jeannin qui regarde à nouveau sa montre.

— Nivôse, je vais y aller. J'avais des choses importantes à vous dire, mais je vois bien que vous n'êtes pas en état de soutenir une discussion.

L'ivrogne s'insurge pour la forme, mais la voix n'y est plus. Jeannin l'interrompt :

— Ecoutez, Nivôse. Je vais vous raccompagner chez vous... Garcon... Appelez-moi un taxi.

Le loufiat lance un regard successivement soupçonneux et réprobateur puis se dirige à regret vers les cuisines. Il revient au bout d'un instant.

— Votre voiture est là dans deux minutes, monsieur.

— Merci, répond Jeannin d'une voix blanche.

Il est bien trop préoccupé, notre gendarme honoraire. Tout à l'idée de la meilleure façon de se tirer de ce mauvais pas, il se fabrique un air gêné, absent, du genre « je ne connais pas cet homme ». D'ailleurs, il ne le connaît pas vraiment. Mais, promis, ça va changer. En raccompagnant Nivôse, Jeannin se jure de noter très précisément son adresse. Son nom aussi. Il consignera le tout ce soir sur un de ses petits carnets. Pour l'occasion, il va peut-être même en inaugurer un neuf. L'idée de sa belle écriture de pattes de mouches en pleins et déliés lui fait fleurir un sourire de satisfaction.

— Qu'est-ce qui vous fait rire ? s'insurge, mauvais, Nivôse.

Jeannin ne répond rien, ramasse le journaliste par un bras et l'enfourne dans le taxi qui vient d'arriver. Œil soupçonneux du chauffeur qui pense à sa moquette.

— C'est pour aller où, ces messieurs ?

— Votre adresse ? souffle Jeannin.

Et Nivôse rote un 33 rue Saint-Charles du

plus bel effet. Il est tombé dans le piège, ce niais. Dans deux minutes, il va donner son nom. Ouvrir sa porte, livrer son petit studio crasseux à la curiosité insatiable du gendarme retraité. A l'idée de cette perquisition en douceur, Jeannin jubile. Avec un peu de chance, Nivôse va s'endormir. Il le bordera. Il aura tout son temps, toute la nuit s'il veut pour faire sa petite inspection. L'enquête se décante. Les autres, il les aura. Maintenant, il tient Nivôse. Et d'un.

*
* *

— Et de deux...

D'Arcole se relève en soufflant, trousseau de clés à la main. Eprouve une dernière fois la solidité de la porte vitrée de la bijouterie. Puis compose un code connu de lui seul en prenant bien soin de faire écran de son dos. Le rideau de fer se baisse doucement.

— Et de trois.

Sourire ravi du joaillier. L'accomplissement minutieux de cette triple opération quotidienne l'enchante. La serrure du milieu, celle du bas et pour finir le code. A chaque fois, il compte à haute voix. Mme d'Arcole, qui partage le plaisir de ce rite régulier, a l'habitude d'attendre derrière lui, légèrement en retrait. Les deux vendeuses patientent un peu plus loin, jusqu'à ce qu'on leur donne le signal du départ.

— Au revoir, Marie-Josée, au revoir, Véronique, chantonne la patronne sur un air faussement joyeux.

— A demain, ajoute M. d'Arcole d'un air gourmand.

Tous les soirs la même chose, tous les soirs la même heure : dix-neuf heures deux.

L'habitude veut ensuite, qu'accouplés dans une marche de deux cents mètres qui les conduit au parking, M. et Mme d'Arcole devisent gaiement des événements de la journée. C'est toujours elle qui ouvre le commentaire. En général lorsqu'ils passent devant la borne d'incendie.

— Tu as été très bien, Maurice, tout à l'heure avec le père de cette petite grue.

— Ah ! tu trouves ? rosit ledit Maurice.

Et enhardi par le compliment, en pleine rue, il se met à rejouer la scène, s'enivre d'une description enjolivée de l'expulsion, y met des gestes, invente même un semblant de coup de poing.

— Et là, je lui ai dit, comme ça : « Tu refous pas les pieds ici, mon salaud. Tu caltes ou j'te bute. »

Claquement de langue agacé de Mme d'Arcole. Maurice rougit. Interrompu dans sa lancée, il rentre la tête dans les épaules et risque un œil inquiet, à droite, à gauche, pour vérifier qu'on ne l'a pas vu sortir de sa belle réserve. Mais l'avenue de Saint-Cloud est déserte. Il est dix-neuf heures cinq. Versailles a commencé de dîner.

— Tu sors la voiture, Maurice ?

Là encore, le rituel. Chaque fois, c'est lui qui sort la grosse Mercedes du parking. Mais chaque fois, elle le lui demande. Une vie minutée dans l'ennui, avec de faux imprévus et des questions sans réponses.

Il pousse la porte du porche. Immeuble dix-huitième. Une grande cour à l'intérieur, six emplacements de voitures loués à l'année. Mme D'Arcole attend dans la rue. Elle prend des airs absorbés pour tromper l'attente, esquisse quelques pas, regarde. Les premières lumières se sont allumées dans les appartements, abat-jour uniformément bordeaux, rideaux crème et gaze grise derrière lesquels elle devine des vies, imagine des intrigues, invente des adultères. Le temps coule, elle rêve. Mais qu'est-ce qu'il fout, Maurice ?

— Maurice ?

Voix de fausset, cassée par la naissance de la peur. Mme d'Arcole pousse la porte du porche et un soupir de soulagement. Maurice est installé au volant de la Mercedes, il fait tourner le moteur. Elle lui fait signe de se dépêcher mais il n'a pas l'air de s'inquiéter. Ils n'ont pas tellement de temps, tout de même. Il est déjà sept heures et quart. La bonne sert le dîner à la demie. Mais qu'est-ce qu'il fout ?

Talon conquérant, Mme d'Arcole entre dans la cour pour engueuler son mari. Il doit s'en douter, d'ailleurs, car il se fait tout petit sur son siège. Il se fait tellement petit qu'elle ne le voit plus. Maurice ? Elle court, la d'Arcole, elle pressent l'accident, tord ses escarpins sur les pavés de la cour. Il a déjà eu un petit pépin cardiaque l'année dernière. Le médecin avait bien dit... Non, là, cette fois, ce n'est pas le cœur. C'est la gorge. Ouverte en boutonnière d'un coup de rasoir. Le sang a inondé le tableau de bord, débordé sur le bas du pare-brise. Elle comprend au moment précis où la lame s'enroule autour de son cou.

*
* *

Quand il arrive, les gendarmes ont déjà organisé un cordon de sécurité autour de l'immeuble. D'un coup d'épaules, Blaval entame la foule des badauds et passe le porche d'un pas ferme et martial. Au téléphone, on lui a décrit le carnage. Deux morts, du sang partout. Ça y est, il voit les taches. Des éclaboussures sur trois mètres, les traînées sur ' pare-brise. Blaval tourne la tête, écœuré. Decouvre seulement la rangée de gendarmes qui le fixent, alignés dans un improbable garde-à-vous.

— Mon capitaine ?

— Oui, Delage ?

— Les corps sont là.

Blaval s'approche lentement des cadavres. Ils sont déjà enrobés dans des linceuls blancs. comme de la viande, se dit Blaval sans pouvoir détacher ses yeux des deux formes, alignées contre la voiture des pompiers.

— Bonsoir, mon capitaine.

— Bonsoir. Vous êtes arrivé depuis longtemps ?

L'adjudant des pompiers répond que non, pas tant que ça, dix minutes à peu près. Blaval écoute distraitement.

— Qui a donné l'alerte ?

Delage s'avance :

— Un locataire de l'immeuble, mon capitaine. Il descendait sa poubelle quand il a vu les...

— Vous avez pris sa déposition ?

— C'est fait, mon capitaine.

— Vous avez une idée de l'heure où ça s'est passé ?

— Dix-neuf heures quinze. Leurs deux montres s'étaient cassées.

— Vous avez l'identité des victimes ?

Gagner du temps, se dit Blaval. Il connaît déjà les réponses aux questions qu'il pose.

Dans sa voiture, il a reçu le message radio détaillé.

— Vous voulez voir les corps, mon capitaine ?

Ça y est, il faut y aller, mettre la main, soulever le drap, palper les corps, engranger de la matière à cauchemar.

— Vous voulez les…

— Evidemment, répond sèchement Blaval.

Il s'accroupit à côté du plus petit des deux linceuls. Tire la housse blanche, dégage la tête de Mme d'Arcole. L'assassin s'est acharné sur le visage.

— La blessure mortelle se situe sans doute au niveau de la gorge, mon capitaine.

— Oui, je vois.

Le larynx a été sectionné. Coupure nette, large, précise. La face est couverte d'arabesques, d'entrecroisements sanglants.

— On dirait qu'il a voulu dessiner quelque chose, murmure Blaval.

— C'est l'avis du médecin, mon capitaine.

Blaval relève la tête et aperçoit un petit monsieur en costume gris qui lui adresse un sourire maladroit.

— Docteur Sanet, se présente le petit monsieur en tendant la main. L'autopsie le confirmera… mais j'ai l'impression que les blessures à la face ont été effectuées post mortem.

— Vous avez observé les coupures, docteur ?

— Justement... oui.

— Et vous n'avez rien remarqué ?

— Je... ne comprends pas, capitaine.

Blaval bloque sa respiration, tire de son blouson un mouchoir et tamponne délicatement la lèvre d'une des plaies du visage.

— Vous voyez les petites traînées superficielles, là ?

Le médecin s'est penché et observe lunettes relevées les traves que Blaval remonte avec son droit.

— Effectivement, capitaine, c'est intéressant. Le derme a été écorché en surface. On dirait que la lame est ébréchée.

— Un rasoir. Le même que vendredi.

*
* *

C'est comme un arrêt sur image. Il ne voit plus qu'elle. Plus il ressasse, plus il vient buter sur ce petit moment fugace, ce matin. Son bout de visage étonné dans l'arrière-boutique des d'Arcole.

Véronique. Il a décidé qu'il devait la revoir maintenant, immédiatement. Tant pis pour l'heure tardive. Elle n'est sûrement pas couchée. Il ne la dérangera pas. Et puis ce matin, chez le bijoutier, dans son regard...

Oui, de la symphatie. De la complicité. Il a bien fait de venir. Elle va l'aider, c'est sûr.

— Qui est-ce ?

La voix est cassante. Une fin de non-recevoir. Mais lui, continue à gratter à la porte. Il est presque heureux d'être là, il chuchote qu'il est le papa de Sophie. Qu'il faut lui ouvrir. C'est très important.

Véronique entrouvre la porte. Elle est en peignoir, un turban sur la tête, le visage graissé de crème de nuit.

— Vous avez vu l'heure ?

— C'est moi, le papa de Sophie.

— Les scandales, c'est vraiment votre truc, à vous.

— Mais je suis le papa de Sophie.

Pas très rassurée, Véronique, tout d'un coup. Lit une lueur de folie dans le regard du vieux. Essaie de fermer la porte. Il a glissé son pied à l'intérieur, pousse une jambe, passe le torse. Maintenant, il est en face d'elle, il la supplie. Il faut qu'il sache. Sa petitc Sophie.

— Mais qu'est-ce que vous voulez que je vous dise, monsieur. Vous avez bien entendu ce matin...

— Alors... c'est vrai...

— Je sais pas, moi.

— Répondez-moi, Véronique. Je veux savoir. Sophie sortait-elle beaucoup, le soir ?

— Je me souviens plus, monsieur.

— Ne mentez pas, Véronique, je vous en supplie... Dites-moi seulement où elle allait... C'est tout ce que je vous demande.

Il l'implore.

— Une adresse. Juste une adresse. Un bar, un night-club, ce que vous voulez... nous irons ensemble et après je vous laisserai.

— Alors là, pas question de sortir. J'allais me coucher. Et puis, moi ces endroits j'y vais jamais.

— Alors vous les connaissez, ces endroits. Vous voyez... Vous en avez trop dit ou pas assez. Il faut que vous me le disiez, comprenez-vous ? J'exige de savoir.

Il l'a prise aux épaules et la serre entre ses doigts, elle essaie de s'enfuir, il la tient, la secoue.

— J'exige... Vous entendez, j'exige !

Alors, Véronique prend vraiment peur. Elle si dit qu'il est fou, qu'il est capable de tout.

— Je me rappelle,maintenant. Il y avait un endroit où elle allait parfois. Le *Select* ça s'appelait. A Bougival.

Select night club disco. Un entrelacs de lettres fluorescentes dont l'aura bleue illumine le ciel à dix kilomètres à la ronde. Ni discret, ni sélect. Le rendez-vous des loubards, la raclure des banlieues.

Au dernier moment, il hésite. Il y a la queue

devant l'entrée. « Lundi, c'est gratis pour les filles ». Les mâles bubonneux qui s'y agglutinent rivalisent d'ingéniosité pour tromper la vigilance d'un videur barbu. Mais le colosse veille au grain. Régule soigneusement le flux des entrées. Distribue généreusement le plat de sa main aux récalcitrants. En moins d'une minute, il les a calmés. Alignés recta, les postulants avancent sagement, par grappes. Et le géant velu lâche parcimonieusement son sésame : « Quat'z autres ».

Lui, le vieux, perdu dans ces hordes domestiquées, il observe. Ne bronche pas jusqu'à ce que, courtois, le barbu le repère.

— Hep ! vous là-bas... Oui, vous. C'est pas votre entrée, là. Suivez le petit rouquin, il va vous guider.

Ledit rouquin se présente. Tire le vieux par la veste, l'emmène vers une autre porte, plus petite, moins fréquentée. C'est une annexe du grand chapiteau de la sueur, un coin tranquille spécial adultes. Escalier enfumé, lumières rouges, michetonneuses. « Qu'est-ce que Sophie pouvait bien faire ici ? » se demande son père. S'apprête à rebrousser quand le barman l'alpague.

— Et il boit quoi, le jeune homme ?

Il n'a pas le temps de répondre que trois entraîneuses lui fondent dessus. Il les renvoie poliment et commande son scotch.

— Avec du Perrier et de la glace, s'il vous plaît.

— Mais oui, monseigneur. Dites-moi, vous êtes nouveau, vous, ici ?

— C'est la première fois, en effet. Vous m'avez l'air sacrément physionomiste, dites donc.

— Je me fais fort de reconnaître tous les gens qui passent. C'est un métier, ça, figurez-vous. Je travaillais à Deauville, avant, au casino.

— Et vous avez gardé la main, on dirait.

— Ben, puisque je vous le dis.

— Si je vous disais un nom, là, vous seriez capable de... ?

— J'ai l'air de blaguer, ou quoi ?

— J'ai de la peine à le croire, c'est tout.

— Tu veux parier, bonhomme ?

— Banco. Cinq cents francs que vous ne connaissiez pas Sophie.

— « Connaissiez », vous dites ? Alors c'est qu'elle est morte ou qu'on l'a pas vue depuis longtemps. J'en vois qu'une. Mais elle a changé de crèmerie. Elle est venue qu'une fois ici. Elle c'était pour du gros gibier, des gars de la haute. Sauf erreur, elle est au *Gun Crazy*. C'est pas ça ?

Mais il est déjà parti en oubliant un Pascal sur le comptoir.

Gun Crazy, il a du mal à trouver. Avec un nom pareil, il s'attendait au pire. Un relais de cowboys ou un temple du hard rock. Tout faux. C'est la boîte la plus chic de Versailles. Elle est à Viroflay, plus précisément. Un ancien pavillon de chasse sur le bois de Meudon, transformé en thé dansant-bobinard-club de rencontres. Les messieurs bien tranquilles du quartier Saint-Louis viennent y lever des filles de bonne famille qui ont la courtoisie de ne réclamer que très discrètement leur dû.

Au *Gun Crazy*, on se frôle et on se frotte en bonne intelligence. Du discret, du propre. Pas besoin d'ailleurs de montrer patte blanche à l'entrée. La maison est tellement discrète qu'il faut forcément être recommandé. Le père de Sophie se retrouve donc sans difficulté dans une grande salle en voûte, éclairage feutré, cuirs confortables, moquette sable au mur. Il s'installe au bord d'une piste de danse format timbre-poste. Il regarde sans voir, pense à sa petite fille, ne comprend plus, rumine à voix haute.

— Vous dites ?

La jeune fille s'est glissée en face de lui qui bafouille que non ce n'était pas pour vous, mademoiselle.

— Je peux m'asseoir un moment ? C'est épuisant de danser.

— Mais je vous en prie, mademoiselle.

La conversation se tisse, lentement, avec tout l'art que sait y mettre une jeune fille de bonne famille. Très vite, il se sent autorisé à lui parlé de sa petite Sophie.

Elle a un haut-le-corps.

— Vous êtes de la police ?

— Oh non, surtout ne partez pas, mademoiselle. Vous reprenez quelque chose ?

Et là, il explique l'histoire. Par le menu, s'épanche, supplie. Et finit par l'attendrir.

— Mais ça s'est passé il y a un an, monsieur. A quoi bon remuer toute cette boue ? Vous allez vous faire mal.

— Je veux comprendre. C'est tout. Vous pouvez m'aider. Vous la connaissiez, n'est-ce pas ?

— C'est-à-dire que...

— Soyez franche, je vous en prie. Moi, je vous ai tout dit. Alors, vous la connaissiez, hein ?

— Un peu, oui. Je la voyais de loin en loin. Elle faisait partie de la bande du *Gun Crazy*. Et ici, nous avons tous été très choqués par son accident. Ça tombait mal, quoi. Avec Galbier, ça marchait plutôt fort. Vous le connaissiez, Galbier, bien sûr. L'antiquaire...

CHAPITRE IX

46... 44... 42... C'est ça, numéro 42. Jeannin lève la tête, examine la façade de la maison, un ancien hôtel particulier plus que probable, lui trouve un drôle d'air, à la fois précieux et louche malgré les apparences convenables. Il pousse une lourde porte cochère, se retrouve dans un vestibule tout en marbre. Ses pas résonnent, l'écho s'en répercute d'un bout à l'autre de la demeure, file le long des escaliers et s'en va mourir sous les combles. Pas impressionnable, le commandant. Sinon, à coup sûr, il se sentirait mal à l'aise.

Flaire. Et grimace. Il y a, comme en suspens, une odeur de sexe et de musc. Ça sent la partie fine, le roulé-boulé dans le stupre, toutes les déclinaisons de la gaudriole quand la libido, un tantinet flapie, éprouve le besoin de se ressourcer à l'hypothénuse d'une géométrie croquignolette. Qu'est-ce qui lui a pris, à Blaval, de lui fixer rendez-vous là, dans ce repaire il en jurerait lubrique ? Il hèle, la voix cuivre et percussion :

— Blaval !

Ça explose sous la voûte façon grenade quadrillée : une giclée de décibels qui rebondit sur les murs. Point de réponse, cependant. Il se décide à prendre un grand escalier de pierre à massive rampe de bois foncé. Au premier étage, une porte vitrée à deux battants est large ouverte. Il avance dans une immense pièce vide à boiseries, vertigineuse avec son plafond haut perché, guère accueillante avec son parquet qui grince.

Au fond, la silhouette de Blaval s'encadre dans une porte étroite.

— Mon commandant... Il m'avait semblé vous entendre. Venez. Sacrée baraque, n'est-ce pas ?

— Sacrée, oui. Mais, dites donc, il y a des relents ici, plutôt le genre boxon que couvent de carmélites.

Blaval rigole. Ils sont passés dans une pièce aux proportions plus raisonnables mais tout aussi vide.

— Il y a de ça. La maison appartient à une vieille dame. Elle ne l'habite pas, mais s'est toujours refusée à la louer, par méfiance des agences immobilières, des locataires. Jusqu'à ce que débarque chez elle un certain Mynheer Sarvikan, secrétaire à l'en croire d'un prince saoudien. Joli garçon à ce qu'il paraît, avec un bagout vieille France mais émaillé de barbarismes pour le pittoresque et, avec ça, connaissant son bottin mondain par cœur.

« Et il est arrivé à la persuader de lui prêter la maison en lui serinant que, frappadingue du Palais, son patron cherchait à Versailles un endroit digne de ses pétro-dollars et que, si celui-ci lui convenait, il l'achèterait sans coup férir et sans mégoter. Des ficelles énormes, certes, mais le type était habile, la vieille dame très vieille et, allez y comprendre quelque chose, le fait qu'il ne soit pas question de location a endormi sa méfiance. Sarvikan lui a plu, elle a tout gobé et elle lui a donné les clés.

« A peine dans la place, il a convoqué un vendeur de voitures pour lui commander une Corniche décapotable, en se présentant cette fois comme le fondé de pouvoir d'un homme d'affaires libanais désireux de garder un inflexible incognito. Et il s'est montré très contrarié en apprenant qu'il n'y en avait pas en stock. Pour ne pas louper l'affaire, l'autre, déjà favorablement impressionné par le décor, lui a offert de lui fournir une Mercedes à titre gracieux, le temps que la Rolls arrive.

« Dès qu'il a eu la voiture, Sarvikan s'est mis à sillonner Versailles et les environs en compagnie d'une nymphette. Ils n'ont pas tardé à lier connaissance et, à partir de là, ont trié, sélectionné. La fille échauffait les messieurs, et lui faisait le joli cœur auprès des dames. Et, soit ils faisaient cavalier seul et ramenaient leur conquête ici, quitte à ce que l'autre, offusqué et furibond, débarque au moment crucial, soit ils organisaient des parties carrées. Le lendemain de la sauterie, le couple se pointait chez leurs partenaires et les tapait d'une grosse somme. Dans la foulée, ils se servaient du nom de leurs... relations, qui n'osaient pas protester, pour meubler la maison et s'habiller à crédit. Ils ont écumé la région jusqu'à ce que quelqu'un se fâche et nous prévienne.

« Mes gendarmes se sont pointés, mais les oiseaux avaient filé non sans avoir revendu le mobilier, les tableaux, tout. Je voulais faire un tour pour me rendre compte et j'ai pensé que ça vous amuserait. »

— Et la vieille dame ?

— Elle a commencé par refuser de croire que Sarvikan pouvait être un escroc, proxo et gigolo de surcroît, après quoi elle a eu une attaque. Mais elle se remet.

— Si je comprends bien, il ne reste même plus deux malheureuses chaises pour nous asseoir.

— Rien de rien ! Et vous auriez probablement du mal à trouver ne fût-ce qu'un cure-dent oublié entre deux lattes de parquet. Mais nous allons parler dans ma voiture. Je rentre au quartier, et si ça vous convient, je vous emmène.

Rangée au bord du trottoir, la 205 déboîte en souplesse, se glisse dans la circulation.

— Vous permettez ?

Jeannin a sorti de sa poche une boîte de cigarillos, son artillerie légère comme il dit, la tend au capitaine qui refuse d'un geste, en allume un.

— Et vous avez pu avancer sur notre petite affaire ? Notez que vous pouvez rayer de la liste Antoine, Victor et Nivôse. Hé, hé, j'ai fait mes petites investigations de mon côté. Restent Georges et Paul-Louis...

— Navré, je me retrouve avec trois meurtres sur les bras, sans compter un braqueur que l'on a alpagué ce week-end et qui a peut-être un rapport avec l'un des crimes. Je n'ai pas eu le temps de pister vos gus.

— Je comprends, bien sûr, lâche Jeannin tout de même désappointé. Il y a eu un couple assassiné hier soir, c'est ça...

— Des bijoutiers. L'homme et la femme, cisaillés à bout portant. Pour l'instant, on patauge.

— Et un garçon qui a été retrouvé égorgé ? J'ai lu ça dans les *Nouvelles*, même qu'il n'y avait pas grand-chose à se mettre sous la dent.

Vous avez été chiche de vos informations, il me semble.

— Chiche, pas vraiment, simplement on ne sait pas grand-chose. J'en suis encore à me demander par quel bout prendre cette histoire. Ce garçon était un type banal. Vous interrogez les voisins, les collègues, et même si l'envie ne leur manque pas, ils n'arrivent pas à gratter le moindre ragot. Le genre passe-partout. Et puis, voilà qu'il rentre chez lui et c'est le massacre. Parce que boucherie, vous auriez vu ça... Enfin, vous en avez vu d'autres.

— Et du pas joli ! Il n'y a pas de limites à l'ignominie et à la férocité de l'être humain. A croire que certains criminels se sont trompés de planète.

Blaval ne pipe pas, guère porté sur la métaphysique dans l'exercice de ses fonctions. Légèrement déconcerté par ce silence abrupt, Jeannin tire une ultime bouffée de son cigarillo, l'écrase dans le cendrier de la voiture, et oblique finement :

— Et votre braqueur ?

— Un pauvre type. Multi-récidiviste. Mais dans la bricole. Il a passé plus de la moitié de sa vie sous les verrous. Cette fois-ci, il risque d'écoper d'un maximum. Marqué par une scoumoune à ne pas croire. A ce point de poisse, ça devrait même être retenu comme circonstance atténuante. Il commence par rater son braquage et, définitivement glandu, se carapate en pleine débandade pour nous mener tout droit à la maison du crime, l'ahuri.

— Ben alors, vous le tenez votre coupable !

— Pensez-vous ! Le garçon était mort depuis plusieurs heures. Simplement, ce clampin s'est réfugié dans le seul endroit où il n'aurait jamais dû mettre le nez. Il a quasiment trébuché dans les bras du cadavre. D'un autre côté, ce manque de gluck nous a plutôt rendu service. Le garçon vivant seul, sa mort n'aurait peut-être pas été découverte de sitôt.

— En ce qui me concerne, ricane Jeannin tout en épongeant son crâne rose d'un mouchoir pas forcément immaculé, je n'ai jamais cru au hasard.

— Moi, si. Je fais vérifier tout de même. Jusqu'à présent, aucun des éléments que nous avons pu réunir ne se recoupe. Ces deux-là n'avaient aucune raison de se connaître, et tout porte à croire qu'ils ne se connaissaient pas.

— Un maniaque, alors ?

D'une main sûre, Blaval évite deux gosses à mobylettes qui jouent au Paris-Dakar en pleine avenue de Sceaux. Visage de marbre. Ne cille. Un calme presque palpable qui, en d'autres circonstances, et celles-là crapuleuses, désarçonne les caïds les plus rétifs. Ce sang-froid, Jeannin l'a moult fois entendu dire, est un récif contre lequel se fracasse et s'éparpille corps et biens la hargne voyouse des teigneux chroniques, des rouleurs de mécaniques les plus endurcis. L'homme est d'acier, mais sa tenue, elle, laisse à désirer. Le blouson, passe encore. Quoique. Mais il ne porte même pas les chaussures réglementaires, le capitaine. Déplore, Jeannin, n'arrive à pas à s'accoutumer à voir des gendarmes en civil, innovation récente et certes particulièrement bienvenue dans la traque aux malfaisants, mais qui heurte son sens de la tradition.

— Mon commandant, je ne crois pas trop aux maniaques, même si c'est une hypothèse à ne pas exclure d'emblée. Il doit forcément y avoir quelque chose qui cloche dans la vie de la victime et qui est peut-être le mobile du geste meurtrier. Il nous reste à trouver. Nous trouverons. Pour l'instant, nous n'avons pas de piste. Le seul fait vraiment notable qui émerge du train-train de la victime c'est le suicide de sa fiancée.

— Le suicide de sa fiancée ?...

— Il y a un an à peu près.

— A peu près un an...

Blaval jette un bref coup d'œil mi-intrigué, mi-inquiet, au commandant. A l'air d'attaque, pourtant, l'ancien, pas encore à sucrer les fraises. Pourquoi, dans ces conditions, répète-t-il perroquet ?

— Et... comment s'est-elle suicidée cette fiancée ?

— Atroce ! En se jetant sous un train... Nous sommes arrivés, je vous laisse. Je pense à vos gus. Je vous donne des nouvelles dès que possible.

La barrière qui interdit l'entrée de la gendarmerie s'est automatiquement relevée devant la 205 rouge du capitaine. Mais Jeannin ne se décide pas à descendre.

— Et... Blaval... vous vous souvenez de son nom ?

— A quoi ?

— A la fiancée.

— Attendez... Sophie quelque chose.

CHAPITRE X

Elle a un mal fou à émerger d'un sommeil fiévreux, Véronique. A se décoller les paupières. Elle qui n'a guère fermé l'œil de la nuit. Elle a, rumeur lointaine, le tam-tam de guerre des Mau-Mau qui lui cogne sous le crâne, versant bulbe, promesse de migraine taraudante pour les prochaines heures. Décidément pas dans son assiette, et l'amertume de son café noir expédié cul-sec lui refile une nausée sournoise. La mort de Jean-Luc a été un vilain choc, lui a secoué les nerfs, l'a plongée dans un très glauque paysage.

S'habille au petit bonheur, elle qui, d'ordinaire, tâche vaille que vaille à rectifier sous de coquets et coquins atours un châssis guère canon, trop trapu ici, pas assez ample là, le jarret ferme mais courtaud, la fesse saillante mais un rien avachie, l'épaule un chouïa tombante. Il n'y a que ses seins qui trouvent grâce à ses yeux. De ce côté-là, pardon, rien à envier à personne, et du monde à mettre au balcon. N'entrent certes pas, ses avant-postes, dans la catégorie oreilles de cocker, comme des qu'elle ne nommera pas. Las ! Parce que c'est précisément le genre d'avantages qu'il est hors de question d'exhiber au vu et au su. Seulement dans l'intimité. Frustration.

Ce matin, cependant, ce chapitre ne la préoccupe guère : elle a l'esprit ailleurs. Coup de brosse hâtif, et s'en va au turbin de sa foulée rapide, avec sous le chapiteau un train de prémonitions funestes à rendre jalmince un congrès d'extra-lucides. Devant la boutique, Marie-Josée, l'autre vendeuse, fait le pied de grue. Véronique consulte sa montre, ne croyant pas tant être en avance. Mais non ! Plutôt en retard même, de quelques minutes. A cette heure, le rideau de fer de la bijouterie devrait être relevé et, campée sur le seuil, la mère d'Arcole devrait se tordre le cou en balayant la rue de son œil méchant d'autruche, histoire d'épingler la fautive en fanfare. Or, le rideau est encore baissé.

— Qu'est-ce qu'il y a ?

La voix de Véronique dérape. Son pressentiment vire au couloir d'avalanches. Elle scrute l'expression de sa collègue, visage rond sous une courte chevelure corbeau à la nuque rasée.

— Comment ça, qu'est-ce qu'il y a ? s'offusque l'autre. T'as pas l'air très fraîche, ma petite, ce matin. T'as fait la bringue hier soir, ou quoi ? Si je comprends bien, t'as pas lu le journal ?

— Non.

— Ben c'est un tort, t'en aurais appris de belles. Les d'Arcole, s'ils sont pas là ce matin, c'est qu'ils se sont faits aligner hier soir.

C'est comme si elle recevait un coup de poing dans le plexus, une douleur aiguë et l'impression de manquer d'air, avec la nausée qui revient à toute vitesse. Elle a blêmi d'un coup, Véronique, mais Marie-Josée ne remarque rien, ses yeux lancent des éclairs, elle est tout à son récit, narre avec une jubilation sauvage qu'elle ne cherche même pas à dissimuler :

— Paraît qu'ils sont rentrés et tu penses, après avoir compté la recette de la journée, et on les attendait. Qui ? On sait pas. Avec un rasoir, en tout cas. Et que je te saigne l'un, et que je te saigne l'autre ; dans le conjugal, il faut tout partager, le bol et les avanies !

S'interrompt. Viens de noter l'air patraque de Véronique. Grince :

— Ça a l'air de te faire de l'effet, ce que je te raconte là ! Je savais pas, moi, que tu les aimais tant, les d'Arcole. L'autre toujours à vous tripoter, et encore heureux que sa femme ne décarrait pas parce qu'il aurait bien exigé des gâteries derrière les portes, ce gros dégueulasse. Et sa harpie, là, toujours à piapiater ses récriminations, jamais contente. Mal baisée, oui ! Alors comme ça, ça te fait quelque chose ? Tu m'en diras tant !

— Mais non... Seulement, je me suis levée, j'étais déjà pas bien et, maintenant, tu m'annonces ça... Ce que je ne comprends pas, c'est ce que tu fais là ?

Prend un air pincé et vaguement outragé, Marie-Josée :

— Ben dis donc, moi, on m'a pas licenciée ! Tu imagines, tu viens pas bosser, mais c'est une faute grave, ça ! Moi, qu'ils s'entre-tuent tous, c'est pas mes oignons. Je suis payée pour venir, je viens. La boutique est fermée, j'attends qu'elle ouvre. Personne pourra baver que je me suis accordé quartier libre en profitant des circonstances. T'entends bien : personne !

*
* *

L'instant d'avant, tout était sombre. Les lumières du magasin s'allument par surprise sans qu'il ait vu entrer personne, révélant meubles, statues, tableaux, bibelots, tout un bric-à-brac doré à la feuille et sur tranche, sculpté dans des essences, façonné par l'ébéniste inspiré, dorloté à la peau de chamois, du millésimé hors de prix. Au-dessus de la porte, une enseigne sobre, de bon goût, sans ostentation : « Hubert Galbier, Antiquaire ».

Il s'est installé dans un café, de l'autre côté de la rue. De là, devant un demi qui tiédit et s'évente dans le verre sans qu'il se décide à y tremper les lèvres, il peut observer la boutique. Aperçoit de temps en temps la haute silhouette de Galbier qui passe et repasse. Mais ne trouve pas le courage de se lever pour aller le trouver. C'était pourtant son projet, sa détermination. Quel rapport cet antiquaire peut-il avoir avec Sophie ? Comment aurait-elle pu faire sa connaissance ? Les questions tourbillonnent dans sa tête. La fille, hier soir, était pourtant formelle.

Il ferme les yeux. Contre ses paupières, l'image de Sophie virevolte et il s'aperçoit, le cœur serré, qu'il n'arrive pas à retrouver les traits de sa fille. Comme une photo qui aurait trop longtemps séjourné dans l'eau. Il rouvre les yeux, les paumes moites. Revient au magasin d'antiquités. Mais l'homme n'est plus en vue.

*

* *

Le téléphone sonne et resonne inlassablement, et Jeannin peste intérieurement. Qu'est-ce qu'il fabrique, Blot ? S'impatiente, le commandant. Commence à soupçonner qu'il y a anguille sous roche. Echeveau. Evite de galoper aux conclusions. Rien de plus pernicieux, ça, pour le rendement de l'enquêteur. D'abord, c'est élémentaire, rassembler indices et faits, après quoi, trier, soustraire, additionner, arithmétique de gendarme.

N'empêche ! Ne peut s'interdire de songer que, des filles se jetant sous un train, c'est quand même de l'exceptionnel. A part la malheureuse victime du « corbeau » dont il aura narré l'autre soir la fin navrante, il n'en connaissait personnellement pas d'autre jusque-là.

Or, que la fiancée du garçon assassiné se soit elle aussi suicidée de cette effroyable manière, ne laisse pas d'être troublant. Ne peut pas croire, Jeannin, qu'il y ait eu comme ça, à l'époque, un charter de désespérées ferroviaires. C'est bien simple, la S.N.C.F. aurait protesté.

— Allô !

L'homme doit crouler sous les responsabilités, on en jugerait à son ton. Submergé, probable, sous les dossiers urgents. C'est la voix du fonctionnaire qui suppute en prélude qu'on va abuser de son temps précieux et qui se prépare, à tout hasard, à refouler l'importun.

Tout miel, Jeannin, pour attraper la mouche :

— Charles Blot, je vous prie.

— Qui le demande ?

— Commandant Jeannin.

— Commandant, si je m'attendais…

Registre cordialité, ce n'est pas exactement la canicule, mais le fond de l'air se réchauffe.

— …Ça fait une éternité que vous ne m'avez pas donné de vos nouvelles. On m'a même raconté que vous aviez pris votre retraite, mais je n'y ai pas cru, vous m'auriez quand même prévenu…

— Euh… si, figurez-vous, je suis à la retraite. Je voulais toujours vous appeler…

— Ah. Et vous m'appeliez pour ? interroge le Blot, toute jovialité dissipée.

— Avoir de vos nouvelles, n'est-ce pas…

— …

— Et pour avoir des coordonnées.

— Des coordonnées ?

— Celles d'un ami.

— Dont vous n'avez pas les coordonnées ?

— Ça peut sembler bizarre…

— Ça peut, oui.

— … En réalité, c'est très simple. Je connais son prénom, je sais qu'il a été employé municipal…

— Et je travaille à la mairie, je vous ai compris. Stop, je vous coupe : je ne peux rien faire pour vous.

— Comment ça, vous ne pouvez rien

faire ? Vous avez accès au fichier du personnel que je sache.

— Certes. Et, comme vous ne l'ignorez pas, ce fichier est confidentiel.

— Mais c'est un service que je vous demande...

— Et moi, c'est un service que je vous refuse. D'autant que je ne suis pas fakir. Comment voulez-vous que je retrouve quelqu'un avec son seul prénom ?

— Ecoutez, cet employé a pris sa retraite il n'y a sûrement pas plus de deux ou trois ans, peut-être moins. Il m'étonnerait que dans ce laps de temps, il soit parti beaucoup de Georges.

— Excusez-moi, je ne saisis pas très bien. Vous m'avez dit que vous étiez à la retraite, n'est-ce pas ? Votre démarche n'est donc pas officielle. Parce que, à moins que je fasse erreur, un commandant de gendarmerie en retraite c'est quoi en somme, un civil et rien d'autre. Je vois donc pas à quel titre je pourrais vous fournir ce renseignement.

— Disons en souvenir de notre vieille collaboration, du temps où vous étiez un de mes informateurs privilégiés.

— Bien sûr, bien sûr, mais je suis tenu à la discrétion, je suis sûr que vous le comprendrez. Voilà, eh bien, je vais devoir vous laisser, j'ai une réunion dans quelques minutes.

Là, la moutarde lui monte plein pot au nez, au commandant. Il écume, ne va certes pas se laisser rembarrer par ce foutriquet !

— Un instant, Blot !

— Je suis réellement désolé, je dois y aller...

Illico, retrouve l'autorité du chef, Jeannin, somme, cassant :

— Je vous conseille plutôt de m'écouter, et soigneusement encore. Puisque vous êtes si bien renseigné sur les gendarmes à la retraite, vous devez savoir qu'il leur arrive de rester en liaison avec les gendarmes en activité. Et il se trouve que ce que je vous demande est en relation avec les meurtres de ces derniers jours. Vous avez dû en entendre parler par les journaux. Donc, si vous refusez de me répondre, Blaval se chargera de vous poser la question. Le capitaine Blaval, vous connaissez ? Vous ne pouvez pas ne pas connaître. Il adore perdre son temps pour ce genre de détail. Finalement, Blot, je vous croyais la fibre plus civique, vous me décevez.

— Si c'est pour aider l'enquête, c'est différent. Je ne pouvais pas deviner, vous me parliez d'un ami...

— Je ne suis pas censé vous dévoiler les secrets d'alcôve de la gendarmerie. Blot, je vous laisse, je passe la consigne à Blaval, restons-en là.

— Attendez une seconde, nom d'un chien !

— Vous avez votre réunion, et moi, j'ai autre chose à faire.

— Vous avez dit Georges, c'est ça ?

— C'est ça, et j'ai besoin du renseignement dans les meilleurs délais.

— Je vous rappelle, commandant, je...

— Vite, et chez moi.

Raccroche, Jeannin, sourire triomphant aux lèvres, en laissant dans les affres l'incertain M. Blot.

*
* *

Doucement, Eliane fait tourner son bol entre ses doigts. Elle n'a pas levé les yeux quand il est entré, comme hypnotisée par son geste inlassable. Il remarque avec surprise qu'elle a mis du rouge à lèvres. Encore plus élégante que d'habitude. Parfois, il a même l'impression qu'elle rajeunit. C'est comme s'il avait suffi d'arrêter les pendules de l'appartement pour suspendre le temps, la préserver de cette vieillesse qui lui verrouille, à lui, des poids de plus en plus lourds aux chevilles.

Il se laisse tomber sur sa chaise habituelle. Comme le flux de la marée montante, une infinie lassitude lui grimpe le long des jambes, du ventre, plus haut, toujours plus haut, jusqu'à la bouche, au nez. L'asphyxie. Il se rejette brutalement en arrière, comme s'il cherchait à échapper au flot. S'est-il assoupi quelques secondes ?

L'impression de se débattre en vain. Comment a-t-il pu croire qu'il pourrait démasquer seul le « corbeau » ? Candeur de vieil homme. Il pensait trouver des alliés en s'adressant à Véronique et surtout à Jean-Luc. Mais non. A peine si celui-ci a paru intéressé. Comme s'il avait gommé Sophie de sa mémoire. Et maintenant, il est mort. Mort ? Mort, oui, puisqu'il l'a lu dans les journaux.

— Tu te souviens de Véronique ?

Comment savoir si Eliane l'écoute, l'entend ? Ce n'est d'ailleurs pas très important. Il a seulement besoin de parler, de crever ce mur de silence et de désespoir.

— C'était l'amie de Sophie ; on ne le savait même pas. Enfin, elle nous l'avait dit, mais comme ça, en passant ; je ne m'en souvenais presque pas. Tu y avais peut-être plus prêté attention. Elles travaillaient ensemble à la bijouterie. Je suis allé la voir. Oh, je sais, je ne t'ai rien dit. Mais il me semblait que je devais vérifier cette histoire de... lettre anonyme. Elle a tout confirmé. Elle avait l'air embarrassé en me voyant, comme si elle s'en voulait de ne pas avoir deviné les intentions de Sophie. Mais nous non plus, on n'a rien su prévoir Une gentille fille, cette Véronique.

Un jour, quand tout cela sera terminé, je l'inviterai à venir ici, que tu la connaisses.

« Mais quand cette histoire se terminera-t-elle ? Tu sais, Jean-Luc est mort. Et on me raconte que Sophie fréquentait des boîtes de nuit louches, qu'elle voyait un antiquaire. Je ne sais plus quoi faire ni quoi penser. Je voudrais tant que tu puisses m'aider, que quelqu'un m'aide ! Mais qui ? Qui ? »

*

* *

— Vous m'attendiez, Constant ?

L'adjudant rectifie la position et emboîte le pas à Blaval qui s'engouffre dans son bureau.

— Du nouveau ?

— Rien en ce qui concerne ce Jean-Luc Desfossés. On piétine. Quant à son entourage, il est plus que clairsemé ; il n'avait même pas de petite amie attitrée.

— Ce qui signifie qu'il est resté inconsolable après la mort de sa fiancée ?

L'adjudant secoue la tête, se tapote les incisives de l'ongle, sceptique :

— Ce n'est pas l'impression que j'ai eue. D'après des voisins, un couple dans la cinquantaine, des pipelettes redoutables qui semblent n'avoir rien d'autre à faire que s'intéresser à autrui, il aurait eu une liaison avec une fille.

— Il y a combien de temps de ça ?

— D'après les voisins, la fille est apparue peu après le suicide de la fiancée. Mais l'histoire n'a pas duré longtemps. A leur goût... je parle des voisins, elle était beaucoup moins bien que l'autre.

— En un mot, on fait du sur-place.

Constant concède à regret :

— Il y a de ça. Et les bijoutiers, mon capitaine, on lâche le bébé ?

— Le procureur ne m'a pas encore notifié sa décision. Donc, pour l'instant, on fait comme si, et on continue de traiter le dossier.

*
* *

Il est aux environs de midi. Quelques minutes de plus et il ratait l'antiquaire qui est en train de boucler la porte de son magasin. S'éloigne d'un pas promenade, Galbier, et il se met dans son sillage. Bel homme, l'antiquaire, avec de la prestance. La cinquantaine passée mais sans un poil d'estomac. Bronzé à point et sûrement à la lampe, un côté pêcheur d'espadon, chasseur de grand fauve. Déclenche le fantasme, on ne saurait nier. Avec ça, la tempe argentée et la démarche élastique dans un costume bleu pétrole impeccable. On le dirait descendu tout droit d'une publicité pour cigarettes blondes, pour eau de toilette au goût sauvage. C'est une invitation au voyage, cet homme, dépaysement garanti.

Sans la moindre gêne, il se retourne sur les femmes pour les déshabiller du regard. Et lui, ce petit manège le fait tressaillir de colère.

*
* *

Blaval feuillette le dossier du pseudo Mynheer Sarvikan, de son vrai nom Mario Bori, qu'on vient de lui apporter. Leur a mâché la besogne, l'arsouille, en laissant un peu partout dans l'hôtel particulier un échantillonnage d'empreintes. Parcours du combattant crape que le gendarme détaille en connaisseur : prostitution à Saint-Germain-des-Prés à une époque pas si lointaine où, rue de Sèvres, le pain de fesses du giton était encore une brioche juteuse point guettée par le Sida, grivèleries d'hôtels, escroqueries à l'aide de chéquiers volés, un temps barbeau-barbiquet. Mais il en avait eu vite quine de relever les compteurs, le Mario.

A partir de là, avait défriché du côté du troisième âge, et avec un franc succès, la preuve à Versailles. Ce coco bel-œil de velours au piment rastaquouère, il devait leur évoquer les Valentino-mèche-plaquée-gomina et autres tangueurs argentins, aux vieilles daronnes. Flash-back ému qui, mieux qu'un lifting, leur rendait une nouvelle jeunesse, quoique illusoire. Désarmait en même temps leur vigilance. N'avait plus qu'à se remplir les fouilles avec leur bas de laine, le filou.

Par contre, sa complice, tout aussi prodigue d'empreintes, n'est pas fichée. Inconnue au bataillon des radeuses. Nymphette et peut-être carrément mineure, même si furieusement dessalée. Blaval en jurerait, le couple a dû regagner Paris. Parce que casanier, le voyou. Répugnant à longtemps s'éloigner de ses bases. Qu'on lui torpille ses habitudes, et le voilà déboussolé. Qu'on lui confisque son confort en le bouclant au gnouf et il proteste, exige, avec préavis de grève sur le toit, un rata quatre étoiles, la télé en cellote et en couleurs s'il vous plaît, et qu'on le laisse, hygiène élémentaire, aller périodique au radada avec sa régulière.

Le téléphone interrompt les réflexions du gendarme. Décroche.

— Un appel pour vous, mon capitaine, mais la personne, une dame, ne veut pas donner son nom. Elle dit qu'il s'agit de l'affaire Desfossés, qu'elle ne veut parler qu'à vous et qu'elle connaît l'assassin.

— Une folle ?

Le standardiste pèse le pour et le contre, ne veut pas paraître léger, se prononce enfin :

— Une énervée plutôt.

— Vous me la passez.

Presque instantanément, il entend une voix féminine, jeune assurément, légèrement tremblotante, haletante ; l'émotion, il en jurerait. Mais émue de quoi, exactement ?

— Capitaine Blaval. Je m'occupe de l'enquête sur la mort de Jean-Luc Desfossés. Vous avez des informations ?

— Oui, je...

— Puis-je savoir qui vous êtes ?

— Non, non, c'est inutile... C'est l'assassin qui vous intéresse, je présume, pas moi.

Blaval concède, surtout se faire rassurant, dans l'état de nerfs de son interlocutrice, elle serait capable de raccrocher s'il se montre trop insistant sur ce point, et de le priver d'une piste même si, à l'arrivée, celle-ci doit s'avérer bidon.

— Je vous écoute.

— La personne qui a tué Jean-Luc, euh, Jean-Luc Desfossés, a aussi tué M. et Mme d'Arcole, les bijoutiers de l'avenue de Saint-Cloud. Je suis sûre que c'est le même qui a fait le coup, vous m'entendez, sûre et certaine.

— Vous connaissez son nom ?

Au bout du fil, un silence s'installe, seulement troublé par une respiration bruyante. Puis se jette à l'eau :

— Berthoux, Georges Berthoux. Je ne connais pas son adresse, mais vous la trouverez facilement, il habite ici, à Versailles.

— Mais pourquoi ce Georges Berthoux serait-il l'assassin ? Vous l'avez vu sur les lieux des crimes ?

— Il croit que tout le monde est responsable de la mort de sa fille, alors il tue tout le monde, voilà !

Elle a raccroché brutalement. A son tour, doucement, il repose le combiné, perplexe. Il a une petite lumière rouge qui lui clignote dans un coin de la mémoire, ouvre un tiroir, homme d'ordre, le capitaine, et chaque chose à sa place. Déplace quelques papiers, trouve la liste que lui a donnée le commandant, celle de ses convives du mardi soir. Dont l'un se prénomme Georges. En rapprochant ce détail de la singulière réaction de Jeannin quand, l'autre jour, il lui a parlé de la fiancée de Desfossés, il commence à flairer anguille sous roche. Encore un peu, et il va finir par croire que l'ancien lui fait des cachotteries, voire essaie de le manipuler. Ça, il n'apprécierait pas outre mesure, le capitaine. Serait même capable de se fâcher, tiens.

Coup discret à la porte. Constant est là. Et toujours quand on a besoin de lui.

— Vous tombez bien, Constant. Il me faut des renseignements sur un certain Paul-Louis.

Je n'ai que le prénom. Il était probablement en relation avec Tachery, vous savez ce libraire qui aimait un peu trop les jeunes gens. Je veux également en savoir plus sur la fiancée de Desfossés, celle qui s'est suicidée. Qui elle est ? Pourquoi elle s'est tuée ? Le maximum que vous pourrez réunir rapidement. Et puis, et ça c'est la priorité, vous me mettez la main sur un certain Georges Berthoux. Il habite Versailles, vous vous débrouillez pour trouver son adresse. Vous me l'amenez ici le plus vite possible... s'il veut vous suivre, parce qu'on n'a rien contre lui. Mais il est possible qu'il soit mouillé dans nos histoires de meurtres. D'ailleurs, il y a une chance pour que tout soit lié. J'appelle le procureur pour le tenir au courant, qu'il nous laisse le dossier d'Arcole.

*
* *

— Vous en êtes bien certain, Blot ?

Blot boude. Commence même à vaguement soupçonner que le commandant l'a mené en bateau. Va pas en plus, ce serait le comble, lui couper les cheveux en quatre !

— Je n'ai pas l'habitude de fournir des informations erronées, rétorque-t-il, froissé.

— C'est une de vos qualités, la fiabilité, je l'ai toujours appréciée, accorde Jeannin de bonne grâce. Berthoux, donc, Georges Berthoux. Travaillait aux archives. Retraité depuis deux ans. Bien, bien, bien.

Affable :

— J'espère, Blot, que cette petite recherche ne vous a pas causé trop de tracas ?

Blot s'en étrangle. Voilà maintenant qu'il se paie sa tête. Répliquc vertement, bégayant de fureur :

— En... en tout cas... ne com... comptez plus sur moi pour ce genre de... service. Si Blaval, pardon, le capitaine Blaval, a besoin de moi, il n'a qu'à m'appeler directement, je serai ravi de lui fournir des informations. En ce qui vous concerne, pour moi vous êtes *out*, H.S., hors course, sur la touche.

Et clang ! Vibre le tympan du commandant qui en demeure baba. Plastronnait, savourait, et douche froide, glacée. Foutriquet, décidément !

Un coup de sonnette vient couper court à ses pensées moroses. Va ouvrir. Sur le seuil, un gendarme. Frais émoulu. La joue rose et poupine, la coupe de cheveux réglementaire, l'œil candide, avec ça fort civil :

— J'ai bien affaire au commandant Jeannin ?

Simultanément, la main grimpe au képi en guise de salut.

— Vous avez.

— Le capitaine Blaval souhaite vous voir.
— C'est que...
— Tout de suite, mon commandant.

Ne réplique, Jeannin, n'ergote. Le ton n'admet pas d'échappatoire, l'invite est un ordre. Il y a des jours, comme ça, où l'on se sent mal aimé.

CHAPITRE XI

Il entre dans le restaurant sur les talons de l'antiquaire qui s'installe à une table tranquille au fond de la salle de toute façon clairsemée, commande un Martini au bar, retarde encore un peu l'instant d'aborder Galbier. Celui-ci, visiblement un habitué du lieu, passe une commande rapide au garçon qui virevolte autour de lui comme un jeune chien qui retrouverait son maître après des mois de séparation.

Il attend que le loufiat se soit éloigné pour s'approcher, son verre à la main :

— Monsieur Galbier... J'aimerais vous entretenir quelques instant.

Surpris, l'autre lève vers lui des yeux couleur d'huître pas fraîche, et rien qu'à y plonger le regard, on a le foie qui renâcle, l'urticaire qui galope. Détail fâcheux qui ruine instantanément la prestance désinvolte du play-boy sur le retour.

— Nous nous connaissons ? Je ne crois pas.

— Berthoux. Georges Berthoux. Nous ne nous connaissons pas, en effet.

Un sourire flotte sur les lèvres de Galbier, c'est le sourire de l'homme satisfait de ne pas s'être fourvoyé.

— Dans ce cas, je serai charmé de faire plus ample connaissance avec vous tout à l'heure, mais pas maintenant. Voyez-vous, j'aime être seul quand je déjeune. Je suis sûr que vous me comprendrez et que vous ne m'en voudrez pas si je ne vous invite pas à vous asseoir. Monsieur Berthon, j'ai été ravi.

Déjà, il l'a oublié, toute son attention accaparée par le Pouilly-Fuissé que le larbin, tout courbettes, lui verse, onctueux, un brin soucieux toutefois tant que Galbier n'a pas opiné après dégustation.

— Parfait.

Soupire d'aise, le servile serveur. Reverse. Chuchote, complice :

— J'apporte le saumon.

Le saumon marche, mais Berthoux ne décolle pas, empêtré avec son verre et une timidité toute soudaine. Une ombre passe dans le regard de mollusque faisandé de l'antiquaire, quelque chose comme une légère contrariété, le soupçon qu'on cherche mordicus à lui gâter le Pouilly-Fuissé, à lui provoquer des aigreurs.

— S'il s'agit d'antiquités, je suis sûr que vous connaissez mon magasin. Je rouvre à quinze heures...

— Il ne s'agit pas d'antiquités, monsieur Galbier, mais de ma fille.

— Oh, de votre fille... vous avez une fille ?

— Que vous connaissez.

— Que je connais ? Tiens !...

— Vous l'avez rencontrée au *Gun Crazy*.

— Je vais effectivement assez souvent au *Gun Crazy*. Votre fille est une cliente du *Gun Crazy* ?

— Ma fille est morte, monsieur Galbier.

— Toutes mes condoléances, monsieur... Berthon, c'est ça ?

— Berthoux.

L'antiquaire pose son verre, résigné. Son déjeuner lui paraît sérieusement compromis. Il se fait une raison, désigne fair-play une chaise à l'importun qui se laisse tomber plutôt qu'il ne s'assoit.

— J'ai l'impression qu'il ne vous reste plus qu'à me raconter votre histoire, car vous avez une histoire à me raconter, n'est-ce pas ?

L'affabilité de l'antiquitaire désarçonne le vieil homme. Ne sait plus par où commencer. Reprend enfin ses esprits.

— Ma fille s'appelait Sophie et on vous a

vu à plusieurs reprises avec elle. Je voulais que vous me le confirmiez.

— En préalable... Merci, Bruno.

Le garçon vient de lui glisser une assiette de saumon frais. Il pique une fourchette investigatrice dans la chair rose, revient à la conversation.

— Oui, en préalable, j'aimerais que vous me précisiez qui est ce « on ». Je ne nie pas connaître votre fille, il se peut que je sois sorti avec elle, bien que je n'aie pas le souvenir d'une Sophie. Simplement, mettons cartes sur table.

— Il s'agit d'un ami de ma fille, son nom ne vous apprendrait rien.

— Bien. Et quand aurais-je été vu en sa compagnie ?

— Il y a un an environ.

— Dans ce cas, je ne pense pas pouvoir vous aider ; je n'ai vraiment aucune mémoire.

— J'ai sa photo.

Berthoux a dégainé son portefeuille, cherche, trouve ; ses mains tremblent légèrement. L'antiquitaire se penche, sans lâcher couteau ni fourchette. Il mange posément, s'autorise un petit hochement de tête appréciateur en découvrant l'image de la jeune fille.

— Ravissante. Si je suis sorti avec elle, ce devrait être un excellent souvenir...

Le visage du vieux qui se décompose lentement sous l'effet de la colère l'incite presto à mettre son cynisme entre parenthèses. N'a aucune envie de rompre des lances.

— Cartes sur table, avons-nous dit. Soit, j'ai l'impression que je la connais et il est fort possible que j'aie croisée au *Gun Crazy*. Etes-vous satisfait ?

— Que faisait-elle là-bas ?

Là, paraît sincèrement interloqué, l'antiquaire. Examine le vieil homme pour savoir si cette candeur ne cache pas un piège. Mais non.

— Que pouvait-elle y faire ? Draguer, bien sûr.

— Vous mentez !

— Draguer... et se faire de l'argent de poche.

— Salaud !

Se hérisse, Galbier.

— Cher monsieur, vous me posez des questions et je vous réponds plutôt obligeamment. Je ne tiens pas particulièrement à être insulté, d'autant que pour moi, je vous l'ai précisé, l'heure du déjeuner est une oasis, un moment sacré. Il me semble que j'ai manifesté jusqu'à présent beaucoup de patience...

— Excusez-moi, mais... mais, ce que vous venez de dire...

— Vous êtez déjà allé au *Gun Crazy* ?

— Oui... hier soir.

— Vous avez donc pu constater que, malgré son nom, il s'agit d'un endroit tout ce qu'il y a de paisible, fréquenté par des gens discrets autant que respectables qui trouvent là une ambiance feutrée et complice. On y boit un verre et lorsqu'une jeune femme se risque là c'est, en général, pour trouver un compagnon. Je vous dis les choses telles qu'elles sont. Moi-même, je ne vais au *Gun Crazy* que pour cette raison. Ces... rencontres sont, en somme, les plus satisfaisantes. Contre un peu d'argent, vous choisissez la femme de vos rêves d'un soir et sans regret pour celles que vous dédaignez puisqu'elles seront encore là le lendemain. Ou peut-être pas, mais c'est le jeu, la loterie. Entendons-nous, il ne s'agit pas de professionnelles. Simplement des jeunes femmes qui aiment, je veux du moins l'imaginer, autant l'argent que l'aventure, l'inattendu. Vous permettez...

Galbier tend la main pour reprendre la photo de Sophie. La contemple, songeur, tout en sirotant une gorgée de vin.

— J'ai vu votre fille au *Gun Crazy*, je ne me trompe pas. Et « on » a raison : je suis sorti avec elle.

Pose un œil méchant sur le vieil homme dont les pommettes ont rosi.

— Même, elle venait assez souvent. Voyez comme c'est étonnant. Il suffit de solliciter sa mémoire pour que tout vous revicnne de ce que l'on croyait avoir oublié. Vous m'avez dit qu'elle était décédée ?

Sur sa chaise, Berthoux semble se ratatiner, sa tête part en avant, la lippe pend, il respire difficilement :

— Il y a un an... elle s'est suicidée.

— Quelle horreur !

— Elle s'est suicidée à cause d'un « corbeau » !

— D'un corbeau ?

— Il envoyait des lettres anonymes, la couvrait d'ordures. A cause de lui elle a perdu son travail...

— Mais que disaient ces lettres ?

— Elles... elles l'accusaient de se prostituer.

CHAPITRE XII

Se congratule intérieurement, l'adjudant Constant, se rengorge discrètement avec la satisfaction du devoir bien fait, de la mission rondement menée. Comme à son habitude, guère loquace, pas du genre, celui-là, à jaspiner à tort et à travers, retranché Fort Chabrol derrière ses lunettes de soleil, Giraud pilote la 4L dans les rues de Versailles encombrées de cars, voitures, motos, vélos, poussettes, promeneurs et toutous. Le souk.

Ciel éperdument bleu, soleil au diapason. C'est du nanan pour le touriste qui canote vaillamment sur le Grand Canal du Parc, se baguenaude dans la Galerie des Glaces, se gave de cartes postales comme d'autres de hamburgers-ketchup, sillonne la ville saturée d'oisifs de tous poils.

Récapitule pour lui-même, le gendarme, le résultat de ses investigations express aussitôt transmises, ça va de soi, au capitaine Blaval.

Et, d'abord, le dénommé Paul-Louis. Un coup d'œil sur un carnet d'adresses saisi chez Tachery a suffi. Le numéro de téléphone inscrit en regard du prénom aboutissait à une maison de retraite. Et la responsable de ladite : un moulin, une pie, un prurit ! Et patati et patata, que le Paul-Louis s'appelait pas Paul-Louis, pensez-vous ! mais Serge Avenin, ancien comédien à ce qu'il prétendait, et alors, là, elle demandait à voir, deuxième, troisième couteau, figurant, silhouette, hallebardier à perpète, oui ! Et que je te prends des airs, avec ça, adressant à peine la parole aux gens, sortant quasiment jamais sauf le mardi soir et, tiens, que je te fais ma plume, à se demander où il pouvait bien aller comme ça, quand même pas courir les putes à son âge ?

Quant à la fiancée, Sophie Berthoux donc : décédée le 2 mai 1988. On l'avait récupérée charpie de sous les roues du 16 h 42. Ses parents : Georges et Eliane Berthoux. L'adresse était indiquée sur le procès-verbal de l'accident.

— On y est, mon adjudant.

— Vous m'attendez là, Giraud.

Ne moufte, Giraud, parce qu'on n'objecte pas à son adjudant. Déjà, Constant s'est engouffré sous le porche. Avise la loge. Seulement la concierge n'y est pas, et non plus dans l'escalier comme il est d'usage. De toute manière et de préférence les bonnes, par les jours d'aujourd'hui c'est gardienne qu'il faut dire et, au moindre lapsus, se froisse, la bignole.

La liste des habitants de l'immeuble est bien suffisante : Berthoux, deuxième gauche. Escalade quatre à quatre, un peu d'exercice ne peut pas faire de mal. Deux portes sur le palier. Sur celle de droite, un nom en « ski » est punaisé à la diable. C'est donc l'autre, celle de gauche. Il sonne. Patiente. La patience, c'est l'une des forces de la gendarmerie. Car, souvent, précipitation nuit. Mais, la patience, c'est comme tout, ça use. Comme rien ne bouge, il colle son oreille à la porte et, de guerre lasse, resonne derechef. Sans plus de résultat.

— Ah ben, c'est les Berthoux que vous venez voir.

Aussi harmonieuse que le bruit d'une fraise de dentiste sur une molaire cariée, la voix aigrelette lui râpe les nerfs par surprise. Volte-face. La porte de droite est entrebâillée. En dépasse une baudruche orange parfaitement ronde, couronnée d'une foultitude de papillons multicolores. Apparition psychédélique qui laisse l'adjudant pantois. Lui faut quelques secondes pour réaliser que les papillons sont des papillotes et que la baudruche n'est pas le gadget douteux d'un ventriloque daltonien.

La créature étire un sourire engageant qui craquelle de façon alarmante son masque de beauté — de beauté ? — et lui plante dans la bouche une rangée de dents minuscules qu'il jurerait effilées comme des rasoirs.

— Z'êtes quoi ? s'enquiert, doucereuse, la chose, en lorgnant ses galons et le jaugeant pour ainsi dire de haut en bas.

— Adjudant Constant... Euh, M. Berthoux n'est pas chez lui ?

Elle glousse. On dirait un chapelet de pets de lapins, odeur compris. L'adjudant en a des frissons qui lui passent le long de la colonne vertébrale.

— C'est qu'ils sont sortis. Elle et lui. Lui d'abord et elle ensuite. Ils ne sortent jamais ensemble, savez-vous. Donc, l'un après l'autre. Mais entrez donc... mon adjudant.

— Ils sont partis à quelle heure ?

— Ben, ça, c'était juste avant midi. Il s'en est allé, lui, d'abord, et elle, Mme Berthoux, après, et quasi sur ses talons. Mais si vous entrez, je pourrai vous donner tous les détails. Tiens, venez prendre une petite goutte, mon gendarme, allez.

— Merci, mais jamais en service, euh... madame.

Se gondole, l'onduleuse. Espiègle :

— On dira rien à votre colonel... Mais où qu'y va ?

Il se carapate, tiens. Ne s'arrête qu'en arrivant dans la rue. Gagne la 4 L.

— Giraud, l'oiseau n'est pas au nid. Vous faites le guet devant sa porte ; c'est au deuxième, à gauche. Je me dois de vous dire que, sur le même palier, il y a... comment dire, une dame, admettons, et je compte sur vous, n'est-ce pas, pour vous montrer digne de votre uniforme.

*

* *

Il l'a connu plus mœlleux, Blaval. Leurs relations ont certes baigné dans une ambiance plus cordiale. Et encore heureux que le capitaine ne lui braque pas sa lampe de bureau dans les yeux.

— Commandant, je ne comprends pas bien. Vous me demandez des informations sur des personnes dont une ou plusieurs semblent avoir trempé dans les meurtres de ces derniers jours, vous paraissez particulièrement réceptif à certains points de l'enquête, tel que cette jeune fille qui s'est suicidée, donc je m'interroge. Que savez-vous au juste et que m'avez-vous caché ?

Porte la main à son cœur, Jeannin, en signe de bonne foi. Se sent tout de même offensé par la suspicion du capitaine, lui, un ancien officier de la gendarmerie. Mais il est bien obligé de reconnaître qu'à la place de Blaval, il agirait de même.

Alors, il raconte tout. Ses premières rencontres avec les cinq cartes vermeilles, leurs soirées et la semaine dernière où il a évoqué la mort de Sophie.

L'interrompt, Blaval :

— Il me semble que vous auriez dû être d'une façon ou d'une autre en contact avec les parents de la fille ?

— Quand elle s'est tuée, j'étais déjà à la retraite. Je n'ai d'ailleurs appris la chose que par la suite.

— Et lors de votre soirée, vous n'avez rien remarqué d'anormal ? Aucun de vos invités n'a paru agité, troublé ?

— Aucun.

— Pourtant, tout concorde. Vous recevez un Georges, ancien employé municipal, et un Georges Berthoux a pris sa retraite il y a deux ans. La fille qui s'est tuée s'appelle Berthoux, et on me dénonce un Georges Berthoux comme l'assassin du fiancé de la fille et des bijoutiers qui l'employaient. Et il y a tout lieu de penser que c'est votre histoire qui a mis le feu aux poudres. Maintenant, le père cherche le « corbeau » et, faute de le trouver, il tue tous ceux qui ont approché sa fille. Il n'y a plus qu'à se demander qui va être le prochain.

— Vous êtes parvenu à localiser Berthoux ?

— J'ai envoyé des hommes chez lui, mais ils ont fait chou blanc. Il se peut qu'il soit sorti se promener, mais il est tout aussi possible qu'il soit sur la trace de sa prochaine victime.

— Et votre dénonciateur anonyme ?

— La personne qui m'a appelé avait l'air de savoir beaucoup de choses, et elle semblait en même temps complètement affolée. Mais je n'ai aucun élément susceptible de la retrouver. Il nous reste simplement quelques petits espoirs : que Berthoux réintègre son domicile, ou qu'il assiste, ce soir, à votre réunion hebdomadaire.

*

* *

Il s'est assis sur un banc dans l'allée des Paons, dans le parc du Château. Il a du plomb dans les jambes et sa poitrine est criblée d'une décharge de chevrotines de désespoir. Les paroles de l'antiquaire lui cognent derrière le front à toute volée, comme si l'on avait enfermé entre ses tempes le bourdon de Notre-Dame de Paris. Curieusement, il ne met pas en doute les propos de Galbier. Or, si celui-ci a dit vrai, le « corbeau » également. Sophie s'est sentie acculée parce qu'on avait percé son secret.

Il sanglote doucement, le visage dans ses

mains et, en passant, les gens tournent la tête vers ce vieil homme qui ne peut plus s'arrêter de pleurer. Il aurait suffi que Sophie vienne le voir, lui explique tout ; il aurait compris, du moins aurait essayé, parce qu'il l'aimait tant, plus que tout.

Au bout d'un long moment, il se redresse ; il faut qu'il rentre, maintenant. A côté de lui, il y a un journal abandonné. Un vent tiède s'est levé. Machinalement, son regard accroche le titre de première page : « Un couple de bijoutiers sauvagement égorgés ! »

*
* *

Elle s'est enfermée à clé, double tour, Véronique. A poussé le verrou ; encore un peu et elle entasserait les meubles contre la porte. La prochaine victime, ce ne peut être qu'elle. S'étonne même d'être rescapée. Elle l'entend encore le père éploré : « Il faudra que je retrouve ce « corbeau », n'est-ce pas ». Tu parles ! Pour le zigouiller, oui, le plumer vif, les ailes, la queue, lui trancher le cou à coups de rasoir. Et comme il n'arrive pas à savoir qui a écrit les lettres, il zigouille tout le monde. Dans le tas, au moins, il y a des chances qu'il ne le loupe pas, son « corbeau » !

Elle a envie de hurler. Marche de long en large en grinçant des dents. Se tord les mains, bouscule des bibelots. Pourquoi, aussi, n'a-t-elle pas dit qui elle était au capitaine Blaval quand elle a dénoncé Berthoux ? Il aurait envoyé des gendarmes pour la protéger. Mais, au fond, ce n'est pas grave. Maintenant qu'ils savent, ils vont lui mettre la main dessus en vitesse, le saucissonner dans une camisole, et en avant les séjours molletonnés et les électrochocs pour le pépère ! Parce que complètement barge, a disjoncté, le décrépi.

Elle se verse une rasade de whisky, avale l'alcool d'un trait, fait la grimace. Elle en est à son troisième. Des babies, certes, mais, à cette cadence, si le tueur n'est pas capturé fissa, elle est mûre pour la cirrhose, la Véronique.

*

* *

Il doit être dans les six heures. Une lumière mordorée rafale dans la rue Remilly, s'accroche aux façades des maisons, se vautre dans l'herbe des pelouses, joue au prestidigitateur en maintenant encore l'illusion du jour qui, pourtant, n'est plus loin de s'achever. Derrière le rideau tiré de la fenêtre grande ouverte, dissimulé aux passants, le commandant Jeannin observe l'AX banalisée qui, tout à l'heure, s'est rangée en face de chez lui, de l'autre côté de la rue. A son bord, trois gendarmes déguisés en pékins mais reconnaissables à des kilomètres à leur coupe de cheveux. Il n'en reste plus qu'un dans la voiture maintenant, les deux autres sont descendus, se sont perdus dans la nature, et, il le parierait, ne doivent pas être loin.

Le commandant se détourne de son poste d'observation, s'autorise un doigt de porto parce qu'il y a des moments dans l'existence où, en l'absence de tout autre soutien moral, il convient coûte que coûte de se requinquer. Penaud, il s'entend encore claironner à Blaval que, lui, le hasard, il n'y croit pas. C'était quand ? Ce matin. Pas plus tard que. Eh bien, le hasard n'a pas tardé à lui river son clou. La claque ! Aller raconter qu'un « corbeau » a mis une fille en l'air devant le père de la victime et mettre le feu aux poudres du même coup, cette inconséquence, il en a des suées rien que d'y penser !

Pour ne pas faillir aux habitudes, c'est Antoine qui arrive le premier, mais un louchébem point faraud. Exit le Néron tout feu tout flamme, a le pas lourd de ceux qui ont le cœur gros.

— Vous n'avez pas amené Victor ? s'informe Jeannin qui rebondit décidément de gaffe en gaffe.

S'aperçoit tout de même de l'impair, tâche de se rattraper, noyer le poisson. Surtout, ne pas montrer qu'il est au courant de leur intimité :

— Enfin, n'est-ce pas, comme vous arrivez toujours ensemble, tous les deux...

Mais l'autre, tout à son accablement, ne s'est aperçu de rien. Il secoue la tête, ricane amèrement et l'on sent que, chez lui, un ressort essentiel est cassé.

— Non ! Victor ne viendra pas, il ne viendra plus, je peux vous l'assurer.

Tout soudain il se redresse, c'est le spasme de l'agonisant. Ses yeux flamboient, il brandit un doigt accusateur sous le nez de Jeannin qui recule dans l'entrée sans avoir eu le temps de fermer la porte. Tâche de garder son sang-froid face à l'énergumène, l'ancien gendarme.

— C'est votre faute aussi, tout ce qui arrive !...

Réprime un hoquet de stupeur, Jeannin. Comment Antoine peut-il savoir ? Quelque chose aurait-il filtré à la gendarmerie ? A moins que le boucher ne fasse allusion à son coup de fil de l'autre jour ?

— ... L'autre soir, avec vos maudites histoires de « corbeau », vous lui avez filé la trouille à Victor ! Déjà que nous... je veux dire, déjà qu'il était harcelé par un « corbeau », un téléphonographe celui-là, et je t'appelle de jour comme de nuit, on décroche et il n'y a personne à l'autre bout, qu'une respiration. Alors vous, il a fallu que vous la rameniez, que vous en rajoutiez, et ci, et ça, et l'obscénité est la clé de ce genre de comportement. Ah ouiche ! vous me l'avez tourneboulé, il a pris ses cliques et ses claques. Voulez-vous que je vous dise ce que vous êtes ? Un nuisible !

Hors de lui, il volte, s'en va d'un pas rageur, laissant Jeannin interdit. L'instant d'après, il a disparu.

Paul-Louis se tortille dans son fauteuil. Nivôse bâfre et s'imbibe comme à son habitude. Georges n'est pas venu et ne viendra plus. Le soir installe ses paravents d'ombre dans le salon, personne ne pipe, la petite sauterie vire à la veillée funèbre. Jeannin s'est plaqué un sourire de commande sur les lèvres, mais le cœur n'y est pas. Il fume un cigare auquel il trouve un goût de paille. De temps à autre, il jette un coup d'œil à l'extérieur, mais l'AX a disparu, avalée par la nuit ou retournée à la gendarmerie.

Tout à l'heure, la conversation languissait. Maintenant, elle a carrément coulé une bielle. Une page se tourne. Nivôse émet de temps à autre un gloussement d'ivrogne, Paul-Louis dodeline ; les soirées du mardi ont du plomb dans l'aile.

*
* *

— Rien, mon capitaine ?

La nuit tombe sur la gendarmerie, mais ce n'est pas encore l'heure du marchand de sable pour Blaval et ses hommes.

— Rien du tout, Constant. Ni Berthoux ni sa femme ne sont rentrés chez eux, et chou blanc également du côté du commandant. Et vous, les vendeuses de la bijouterie ?

— Pas grand-chose. Elles sont deux. L'une, Marie-Josée Govin, ne sait rien de rien. C'est elle qui a remplacé la petite Berthoux et c'est à peine si elle en avait entendu parler avant aujourd'hui. Détestait les d'Arcole, pense globalement que n'importe qui ayant approché d'assez près ses feus-patrons aurait eu une bonne raison de les exterminer.

— A commencer par elle, dans ce cas.

— A commencer par elle, sauf qu'elle a un alibi béton : son petit ami l'a prise à la sortie de son travail pour l'emmener à une réunion syndicale qui s'est prolongée jusque tard dans la nuit.

— Et l'autre ?

— Véronique Matlot, sans « e ». Nos gars sont passés chez elle mais se sont cassés le nez.

— C'était quand ?

— En fin de matinée.

— Et ils y sont retournés depuis ?

— Non.

— Ils y vont immédiatement. Cette Matlot, elle connaissait la fille Berthoux ?

— D'après sa collègue, plutôt bien, oui.

— Donc, elle risque d'être en danger. Vous la ramenez ici. A part ça, vous maintenez la faction chez les Berthoux.

— Et chez le commandant ?

— Inutile.

*
* *

Il s'appuie contre un arbre, épuisé de fatigue à force d'avoir marché au hasard à travers Versailles, sans oser s'arrêter nulle part, même à une terrasse de café. Il n'y comprend plus rien. C'est comme si son univers se disloquait. Tout à l'heure, quand il est revenu chez lui, la gardienne l'a bloqué pour lui chuchoter que les gendarmes l'attendaient devant sa porte, que Mme Berthoux était sortie et n'était toujours pas rentrée. Alors, sans demander son reste, il a rebroussé chemin.

Dès qu'il a appris le double assassinat des patrons de Sophie, il a pensé au pire. C'est-à-dire à Eliane. La présence des gendarmes n'a fait que lui confirmer qu'il avait vu juste. Par moments, il se demande comment il a pu admettre aussi facilement cette abomination : qu'Eliane était capable d'assassiner des gens ? Mais c'est qu'il en a rêvé lui-même. C'est que, lorsque le malheur vous a frappé de plein fouet, on sait ensuite que rien, et surtout le plus cruel, n'est impossible.

Si cette horreur est vraie, il lui aura donc désigné ses victimes à chaque fois en lui racontant pas à pas ses investigations. Les adresses n'étaient pas difficiles à trouver et, à défaut, il suffisait de le suivre. Ce qu'elle aura été obligée de faire avec l'antiquaire. Si... Car il se peut encore que tout cela ne soit qu'un mauvais rêve. Il ferme les yeux sous l'assaut de l'angoisse qui lui coupe les jambes.

Il est là, sous le couvert des arbres qui délimitent l'aire de stationnement du *Gun Crazy*. Les fenêtres éclairées de la grande bâtisse sont occultées par des volets qui bloquent presque toute la lumière. De temps à autre, une voiture arrive, se gare. Un homme en descend, une femme, un couple. Conciliabule rapide à la porte, puis celle-ci s'ouvre devant les clients. Tout cela parfaitement feutré.

Il s'assoit à même la terre, le dos appuyé contre un tronc. Il doit prévenir Galbier, que celui-ci soit sur ses gardes, quitte à attirer ses soupçons. Il a essayé de trouver son adresse, mais l'antiquaire n'est pas dans l'annuaire et le magasin, quand il y est retourné, était déjà fermé. Il ne reste plus qu'à espérer que Galbier, ce soir, soit en manque de chair fraîche.

Les minutes passent. La nuit est douillette, odorante. Sa respiration s'apaise. Il se demande si Eliane n'est pas là, tout près, rôdant aux alentours. Ses pensées sont confuses, incertaines, en pleine débâcle. L'épuisement le terrasse d'un coup.

Il se réveille en sursaut. Il s'est assoupi ! Et pendant combien de temps ? Il rejette la tête en arrière et se cogne méchamment contre l'arbre qui le soutient. Péniblement se remet sur pieds. Autour de lui, l'obscurité est maintenant comme une encre de poulpe. Là-bas, il y a le halo de lumière de la lanterne complice suspendue au-dessus de l'entrée du *Gun Crazy*.

Se sent tout ankylosé, fait quelques pas pour dissiper ses raideurs. Jette un coup d'œil. La porte du club vient de s'ouvrir. Fugitive, la lueur inonde Galbier. Berthoux s'élance, se prend les pieds dans une racine, s'étale de tout son long et c'est le menton qui morfle sur une pierre. Une douleur fulgurante lui traverse la mâchoire mais il se redresse dans un sursaut désespéré.

Trop tard. Comme dans un cauchemar, il aperçoit sur sa droite une silhouette fantomatique et silencieuse surgir du couvert et traverser le parking en courant. Galbier s'est retourné. Il n'a rien compris de ce qui se passe. Il demeure immobile, attend. Il n'a pas longtemps à attendre.

Le rasoir décrit une courbe étincelante. C'est le mouvement de la faux qui abat le blé. La lame entame le haut de la poitrine, déchire veste, cravate et chemise, et trace une longue estafilade sanglante. Galbier fait deux pas en arrière en titubant, mais plus de surprise que de vraie frayeur. Il a porté la main gauche à sa blessure. Il regarde Eliane comme s'il cherchait à mettre un nom sur son visage. Il ne croit pas à ce qui lui arrive et cette incrédulité lui est fatale. Le rasoir siffle à nouveau comme un cobra qui fond sur sa proie, arrache la gorge et un geyser sanglant jaillit instantanément.

La tête de Galbier se renverse sur sa nuque. L'homme tombe à genoux, mais lentement ; le corps se tasse sur lui-même, et c'est comme s'il n'y avait plus personne à l'intérieur des vêtements. Immobile, Eliane regarde le cadavre se ratatiner à ses pieds au milieu d'une corolle de sang, et elle ne réagit même pas au hurlement qui éclate dans son dos.

*
* *

Ce sont les coups à la porte qui la tirent de la torpeur où l'a plongée le whisky. Des coups furieux, insistants qui, du fond de son ivresse, lui parviennent comme à travers une ouate mais réveillent instantanément ses terreurs. Un cri monte à ses lèvres qu'elle étouffe aussitôt, les deux mains pressées sur sa bouche pour se bâillonner elle-même. Avachie au fond d'un fauteuil, elle essaie de se relever, lance les bras en avant, retombe. La pièce tournoie devant ses yeux. Dans un effort désespéré de volonté, elle essaie d'arrêter le manège sur lequel l'alcool l'a fait grimper, de dissiper les vapeurs qui lui embrument l'esprit et la livrent pieds et poings liés à l'homme, là dehors, sur le palier.

Dans son affolement quasi animal, une seule pensée émerge qui la brûle au fer rouge : Berthoux est là, il est revenu. Et, cette fois, pour la tuer. Parce qu'il a enfin compris.

*
* *

— Mon capitaine !

— Oui.

Blaval tend l'oreille pour entendre Delage qui, dans le lointain, fait son rapport d'une voix précipitée :

— Un meurtre, mon capitaine, devant un club, le *Gun Crazy*, du côté de Viroflay. Un homme égorgé à coups de rasoir, comme les précédentes victimes. Mais on a appréhendé un suspect. Un certain Berthoux, Georges Berthoux.

*
* *

C'est l'élan du baroudeur sous la mitraille ennemie. A moitié pliée en deux, Véronique se précipite dans la salle de bains, happe au passage le téléphone, claque la porte sur elle, pousse le minuscule et dérisoire verrou qui cédera à la moindre poussée. C'est son donjon. L'ultime citadelle. Elle se laisse tomber sur le tapis de bain. Gémit, pleurniche.

En pleine panique, tâche de composer un numéro de téléphone, s'emmêle, ses doigts gourds frappent les mauvaises touches. Elle s'énerve, recommence, recommence encore.

— Gendarmerie, j'écoute.

— Je veux le capitaine Blaval !

— Pouvez-vous m'indiquer la raison de votre appel ?

Elle hurle comme une folle, sa voix se fracasse en éclats hystériques. Pourtant rodé sur le chapitre femmes au bord de la crise de nerfs, le standardiste s'en trouve ébranlé, se branche illico sur le bureau du capitaine. Dans le mouvement, il remarque que, sur le dessus de sa main, ses poils se sont hérissés, comme électrisés.

— Capitaine Blaval, j'...

— C'est moi qui vous ai appelé... Mais

vous avez pas réussi à le pincer, le Berthoux, hein !

— Excusez-moi, je ne vous suis pas très bien...

— J'vous dis que c'est moi qui vous ai balancé Berthoux. Seulement, vous l'avez pas arrêté, et maintenant il est là, derrière la porte, et il essaie d'entrer pour me zigouiller...

Elle hoquette de terreur, s'interrompt, le souffle coupé. Blaval a mis le haut-parleur à l'intention de l'adjudant.

— Qui êtes-vous ? Vous m'entendez, qui êtes-vous ?

— Véronique... Véronique Matlot.

Plaque sa main sur le combiné, le capitaine :

— Vos hommes ne sont pas là-bas, Constant ?

Coup d'œil à sa montre et mimique affirmative de l'adjudant.

— Mademoiselle, vous m'entendez ?

— Oui, je vous entends, oui, oui, oui !

— Ne vous inquiétez pas...

Mais elle n'écoute pas, rien, Véronique.

— Je vous dis qu'il est là pour me tuer, pour venger sa fille, sa salope de fille, sa pute ! Il faut que vous veniez, vous pouvez pas me laisser.

— Mademoiselle Matlot, vous étiez l'amie de Sophie Berthoux, n'est-ce pas ?

— L'amie ? Tu parles ! Elle m'avait

fauché mon fiancé, même que maintenant il est mort, Jean-Luc...

— Jean-Luc ? Jean-Luc Desfossés ?

Elle paraît se calmer, Véronique, à jouer au petit jeu des questions-réponses. Sa peur reflue. Elle reprendrait bien un peu de whisky...

— Jean-Luc, oui.

— Il n'était pas le fiancé de Sophie Berthoux ?

— Si... Mais, avant, c'était le mien...

Il y a un blanc, une accalmie. Elle prête l'oreille, il lui semble que les coups ont cessé. Reprend :

— Comme on était copines, je le lui avais présenté et... et voilà. Après, elle l'a présenté partout comme son fiancé. Pour elle c'était l'aubaine, l'alibi rêvé vis-à-vis de ses parents.

— L'alibi ?

— Ben oui, l'alibi ! Vu que cette petite roulure arrondissait ses fins de mois en se tapant des vieux, même que ça faisait un moment que ça durait. Un fiancé, c'était rassurant. Pute, la Sophie !

Le manège s'est remis en marche et, avec lui, monte un début de nausée. Elle respire bruyamment. Maintenant, il faudrait que les gendarmes se dépêchent d'arriver. Seulement, le capitaine est toujours au bout du fil. Qu'est-ce qu'il attend pour venir la tirer des griffes de Berthoux ? Qu'elle lui raconte tout, telles que les choses se sont passées ?

— Mademoiselle Matlot, vous avez eu connaissance de lettres anonymes accusant Sophie Berthoux de se prostituer ?

— Un peu !... Puisque c'est moi qui les ai envoyées. A la gendarmerie, d'abord, mais ça n'a rien donné. A d'Arcole ensuite. Je pensais qu'il allait la ficher à la porte. Mais c'est elle qui est partie en lui crachant à la figure. Après quoi, elle a viré Jean-Luc. Lui et moi, on s'est remis ensemble, mais ça ne marchait plus entre nous. On s'est quittés.

— Et vous avez revu Sophie ?

— Une fois, quelques jours après son départ de la bijouterie, et complètement par hasard. Elle s'était doutée que c'était moi qui avais envoyé les lettres. Elle s'est payée ma tête. Ensuite, elle a bavé sur Jean-Luc. Elle m'a dit que son cul pouvait lui rapporter gros et qu'elle avait bien l'intention, maintenant qu'elle était libre, d'en tirer tout le parti possible avant qu'il soit défraîchi. Ce sont ses propres mots. Elle parlait comme ça, vous savez. Jusque-là, la pensée de ses parents l'avait fait rester à la bijouterie. Pour la façade. Au fond, mes lettres avaient précipité les choses : je lui avais plutôt rendu service...

— Ça se passait quand, cette conversation, mademoiselle Matlot ?

— Le 2 mai de l'année dernière. Bien sûr, exactement le 2 mai.

Blaval a du mal à comprendre ce qu'elle dit tant maintenant elle parle entre ses dents.

— On était toutes les deux au-dessus d'un pont du chemin de fer. Il n'y avait personne d'autre que nous. Elle riait en se fichant de moi. Un train arrivait. Je l'ai poussée, elle est tombée et le train lui est passé dessus... Maintenant que je vous ai tout dit, vous voulez bien m'envoyer vos gendarmes, mon capitaine ?

— Ce sont eux qui frappent à votre porte depuis tout à l'heure. Il vaudrait mieux que vous alliez leur ouvrir.

*
* *

Eliane tourne la tête à droite et à gauche. Elle ne sait pas où elle est. Il y a des arbres qui l'environnent et une route pas loin puisque, de temps en temps, des phares jettent des éclairs entre les troncs. Puis c'est le noir. Elle a gardé le « coupe-choux » ouvert à la main. Elle marche à l'aveuglette, heurte parfois une branche, ses pieds s'enfoncent dans l'humus. Elle est comme une enfant égarée qui, le cœur battant, chercherait le chemin de sa maison. Mais, elle, elle n'a peur de rien. Les ténèbres ne sont pas peuplées de monstres, elles sont